CONSERVATOR

天才修復士

コンサバター

IV

contents

第一章

ニケの指輪

CONSERVATOR

真夜中のルーヴル美術館は深海のようだ。

暗闇のなかにどこか不気味で、未知なる世界が広がっている。耳に届くのは、自分の呼吸と高い天井に響く靴音だけ。

懐中電灯の明かりを頼りに進むのは、夜勤の消防士二人組だった。

消防士のベルトには無線機や警棒の他、大量の鍵が取りつけられている。部屋数は二千八百にのぼり、所蔵される作品は三十万点を超える。まさに世界最大の〝美の殿堂〟——それがルーヴル美術館なのだ。

さすがに全室の鍵は持ち歩けないが、主要な部屋の分だけでも相当な重さになる。それらを携えてくり返し、くり返し扉の施錠を確認するのが、夜勤の消防士の仕事だった。

光の先に、ぬっと人の顔が現れる。

消防士は一瞬、固まった。そして後ずさりした。

それは生きた人でも、死んだ人でもない。ただ描かれた、人の手によってつくられた偶像にすぎない。それなのに、なぜこれほどまで胸が騒ぐのか。自分は日々鍛錬を重ね、力では滅多に負けない男だというのに。

数歩先を行く同僚が、長い回廊の途中で立ち止まり、裸婦を描いた名画に懐中電灯の光を向けた。

「なんで乳首をつまんでるんだろうな。しかも裸で」

「さぁ、知らない」

平静を装って、そう答える。

「何度も通ってると、不思議にならないか？」

「別に。俺たちの仕事は、美術鑑賞じゃないからな」

ルーヴル美術館はフランス政府の管理下にある。したがって、国家に雇われた公務員である消防士が、警備に当たる。配属されると、リシュリュー翼二階にある詰め所に、交代で泊まる。任期は四年。それが過ぎれば、地域の消防署に戻る。

彼はルーヴル所属になり、二年経ったところだ。

昼間は、放水訓練や避難経路の点検の他、ボランティアの監視員の指導を行なう。そうした仕事は難なくこなせるが、夜勤はいまだに慣れない。本音を言えば、早く任期が終わってほしいとさえ思っていた。

消防士の自分がなにを怖がっているのか――。

夜勤が億劫（おっくう）になったのは、ルーヴル宮殿の歴史を展示で知ってからだ。

なんでも、ここでは多くの血が流れてきたという。

たとえば十六世紀の宗教戦争では、「カリアティードの間」と呼ばれるルネサンス彫刻の展示室で、四人のカトリック教徒が絞首刑に処された。十九世紀末に焼失したチュイルリー宮殿では、ルイ十六世がギロチンで処刑される前に、軟禁生活を余儀なくされた。

そんなルーヴルでは、夜な夜な亡霊がさまよっているという噂もある。

消防士失格かもしれないが、そういう話は苦手だった。

すると、同僚が言う。

「そうだ。今日は、ダリュの階段で、ジュエリーのランウェイがあったらしい。点検しておくように指示されたんだったよ」

「へぇ。《サモトラケのニケ》がある大階段で？」

「大成功だったらしいぞ」

二年働いているのに、普段あまり行かないルートになると、いまだに迷ってしまうことがある。

消防士二人組は、地図を片手に、回廊を進んだり階段をのぼったりして、ようやくダリュの階段に辿（たど）りついた。

下の階から踊り場を見上げ、懐中電灯の光を当てる。

白い素肌の女神が、ぼんやりと浮かびあがる。

翼を広げる勝利の女神であり、ギリシャ彫刻の至宝――《サモトラケのニケ》。いにしえの女神は、船首を模した台座のうえで、キトンと呼ばれる薄衣を風になびかせながら、一歩を踏みだそうとしている。

そのとき、ニケの背後で、人影が動いた。

少なくとも、消防士の目にはそのように見えた。

「誰かいる！」

咄嗟に叫ぶと、階段の脇に回って点検していた同僚が、「なんだって」と叫び返し、こちらに走ってくる。消防士は、急いで階段を駆けあがる。しかし暗さと動揺のせいで、何度もつまずきそうになった。

ようやく踊り場までのぼりきったが、ニケの周囲には、もう誰もいなかった。

「誰かいたのか？」と、同僚が息を切らして訊ねる。

「ああ、そう見えたんだけれど……」

「だったら大変じゃないか！　通報しよう」

同僚が無線を手にとるのを呆然と見つめながら、あり得ないと思った。

人が侵入するなんて――。

しかも、美術館の心臓部とも言える、《サモトラケのニケ》の踊り場に。

ただでさえ、ここは厳重なセキュリティで守られた宮殿だ。館内に張りめぐらされているはずの警報機だって、一切鳴っていない。

亡霊のことが、ふと脳裏をよぎった。

自分は《サモトラケのニケ》の幽霊を、いや、ルーヴルをさまよう亡霊を、目撃してしまったのだろうか。

そんなわけがないと思う一方で、彼はもう異動願を出そうと決意していた。

着陸態勢に入ったというアナウンスで、糸川晴香は目を覚ました。

ロンドンからパリまでのフライトはわずか八十分しかないのに、ほんの束の間つい眠りに落ちていたようだ。窓の外を見ると、一月らしく寒々とした古めかしい街並みが真下に広がっていた。

パリ＝シャルル・ド・ゴール空港に降りたち、入国手続きをするうちに、ついにパリに来てしまったのだという実感が色濃くなる。

「ぼ、ぼんじゅー」

慣れないフランス語でパスポートを手渡したが、若い女性のスタッフは無言で判を捺しただけだった。

パリに持ってきた荷物は、数泊用のスーツケースと機内持ち込みのトートバッグだけである。普段から出張の荷物は少ない方だが、とくに今回の旅は必要最低限のものしか詰めなかった。どうなるかわからないからだ。

市内へと運行されるシャトルバスに乗りこんで、晴香は手提げ鞄から一枚の絵ハガキをとりだす。

それは二週間ほど前に、ロンドン、ベイカー・ストリートにある下宿先に届いたものである。封筒には絵ハガキの他に、パリ行きの航空券と宿泊先らしきアパルトマンの情報も入っていた。

絵ハガキには、満月と街灯に照らされて幻想的に輝くガラスのピラミッドと、背景にはライトアップされた宮殿——夜のルーヴル美術館の姿がうつっていた。土産屋にあるような、なんの変哲もない絵ハガキである。

裏面には、なにも書かれていない。筆跡があるのは、封筒に記された宛名のところだけだが、それだけでも十分、差出人の正体はわかった。こういう神経質そうで、やたらと凝った古風な筆記体を書くのは、晴香の知る限り一人しかいない。

あの男——ケント・スギモトはどこにいるのだろう。

日本で生まれ育った晴香は、ロンドンで修復を学んだあと、大英博物館の修復部門に勤めていた。そこでシニア・コンサバターとして天才的な実力を発揮していたスギモトと、成り行きで同居人になり、その後、博物館を辞してフリーの修復士（コンサバター）となってから二人三脚でやってきた。

そんなスギモトが、ベイカー・ストリートの工房兼自宅からとつぜん姿を消したのは、去年のクリスマスのパーティの直後だった。その後一ヵ月のあいだ、電話はおろかメールでの連絡もなかった。これほど一ヵ月というものを長く感じたことはない。

いったいスギモトはどこにいて、なにをしているのだろう。不安がつのった矢先に、この絵ハガキと航空券が届いたのだった。スギモトのことだから、思惑があるのだろうと想像していたが、まさかパリ、しかもルーヴル美術館に手がかりがあるとは、さすがの晴香にとっても青天の霹靂（へきれき）だった。

こんな回りくどいことをせず、メールかＳＮＳで連絡してくれればいいのに——。

一方的に音信不通にされた憤りもありつつ、スギモトにもうすぐ会えるかもしれないと思うと、ホッとしている自分もいた。

その瞬間、まわりの席で歓声が上がり、スマホのシャッター音が聞こえた。顔を上げ、窓の向こうを見ると、全貌がつかめないほど巨大な石造の門がそびえている。エトワール凱旋門だった。

シャンゼリゼ通りを含む十二の通りが集結する、パリを象徴するモニュメントである。門の前後や柱頭には、古代の神々を模した数々の戦いを記念する彫像が施され、荘厳さを演出している。凱旋門を中心にして、晴香たちが乗車するバスを含めた、たくさんの車がぐるぐると回っている。

おのずと笑みが漏れる。南側を流れるセーヌ川の向こうに、一瞬小さくエッフェル塔を望めたからだ。パリに来たんだ、本当に。窓の外の街並みを見ているだけで、冷たくなっていた指先に熱が戻ってくる。どの角度から眺めても、パリの街並みは見飽きなかった。

やがてオベリスクがそびえ立つコンコルド広場を越えて、セーヌ川沿いに城壁がつづいていく。かつては王族の宮殿でありながら、今では古今東西から集めたおびただしい数の美術品を収容する、かのルーヴル美術館だった。

世界最大級の面積を持ち、もっとも多くの人が訪れる美術館。

所蔵作品の数で言えば、大英博物館やメトロポリタン美術館の方が上回るけれど、ルーヴルほど豊富な種類かつ上質なコレクションがあって、国の歴史と結びついた美術館は、世界にふたつと存在しない。

晴香はパリに来るたび、堂々たるルーヴル宮殿の外観を見るだけで、〝芸術の都〟という呼び名をほしいままにするこの街の底力を実感してしまう。


シャトルバスを降りて、絵ハガキにもうつっていた、ガラスのピラミッドで有名な中央エントランスに辿りついた。

事前にチケットを予約していたうえ、寒い季節の平日の遅い時間帯とあって、並ばずに入れた。セキュリティ・チェックを受けたあと、晴香は流れに沿って、半地下になったナポレオン・ホールへと螺旋(らせん)階段を下りていく。

ここまで来て、はたと気がつく。いよいよ入館できたとはいえ、この広大な美術館の、いったいどこにスギモトはいるのだろう。数世紀にわたって増改築がくり返され、複雑な構造を持つこの迷宮は、元の職場である大英博物館と同じく、たっぷり一日かけてもすべてを見て回ることは難しい。

チケット売り場のある広大なナポレオン・ホールからは、リシュリュー、シュリー、ドゥノンという、三つの「翼」へと通じる入口があるが、どこに進んでいくべきか、さまざまな人種の人々が行きかうなか、晴香は途方に暮れてしまう。

そのとき、フロアマップを無料配布するラックの脇に、とある張り紙がされているのが目に入った。

――《サモトラケのニケ》が展示された階段ホールは、現在、修復作業中のために封鎖されています。

という旨の注意書きだった。

晴香は先日コンサバター仲間から聞いた噂を思い出す。

ルーヴル美術館でもっとも有名な作品のひとつ《サモトラケのニケ》が、およそ二十年ぶりに大規模な修復作業に入っている、という噂である。晴香の足は、おのずとニケが安置されている、通称「ダリュの階段」へと向いた。

あの男なら――天才修復士として業界でも名高いスギモトなら、《サモトラケのニケ》の修復プロジェクトに携わっていても、まったく不思議ではない。少なくとも、そこにはルーヴル美術館の修復士がいるはずなので、なんらかの情報が手に入るかもしれない。

ドゥノン翼の入口から入って、ギリシャ美術の展示室を横切る。エーゲ文明が遺したユニークな像や工芸品の展示を通りすぎると、やがて大階段が現れた。

ルーヴル美術館ですべての展示室を見るには、一万段を上り下りしなければならないという。たしかに各フロアの天井がべらぼうに高い分、階をひとつ上がるだけでも一苦労だろう。

一階分をのぼりきると、白いビニールシートで覆われた、改装中という工事用看板が掲げられたエリアに辿りつく。この先をさらに上階にのぼれば、「ダリュの階段」と呼ばれる《サモトラケのニケ》のある大階段に辿りつくはずだが、今は一般客が入れなくなっていた。

そのとき、同じ階の展示室の入口付近で、一人の男性の姿が目に入った。

そこまで高身長ではないものの、すらりとした立ち姿に、栗色の髪と目、そして通った鼻梁は、英国人の血を感じさせる。チノパンにチェック柄のシャツ、という見覚えのある服を身につけているので、間違いなかった。

「スギモトさん！」

息を切らしながらも、感激のあまり、つい大声を出してしまう。

しかしスギモトの反応は、対照的に淡白だった。

「ああ、来たか」

当たり前の顔をして、今朝も会った相手に挨拶するかのようだ。

「来たか、じゃないです！　私がどんな想いで、ここまで来たと？」

眉を上げるスギモトに、晴香は必死につづける。

「生きているとは信じていたけど、すごく心配したんですよ！　それに、はるばるパリまで来たんだから、少しは驚いてくれてもいいんじゃないですか」

「驚く？　むしろ俺は、君がここに来る時刻を分単位で計算していたくらいだ。予想よりも十分ばかり遅かったから、少し道にでも迷ったかな」

相変わらずの物言いに、晴香は気が遠くなるようだった。

「なにも情報がないのに、迷わないなんて無理です」

「サプライズだよ。その方が、やっと再会できたときの喜びも大きいだろう？」

スギモトは紳士的な笑みを浮かべる。相変わらず、面倒くさい男だ。どうやらこれは彼なりのジョークらしい。

しかしスギモトの目論見（もくろみ）とは違い、晴香は喜びよりも、なにを考えているんだろう、という苛立ちや憤りの方が大きかった。とはいえ、久しぶりの再会でいきなり言い争いをするのも嫌なので、必死に表に出さないように努める。

ふと、スギモトのとなりに立つ女性に気がついた。高身長でスタイルのいい美女だった。

「ああ、彼女は以前、ここダリュの階段で開催されるコレクション、いわゆるパリコレに出演したモデルさんだよ。今度、また館内でショーをするそうだから、ついでに美術品の解説をしてあげていたんだ」

「そ、そうですか……こんにちは」

お辞儀をすると、モデルの女性はほほ笑みかけた。このご時世、晴香もルッキズムには批判の目を向けているものの、彼女に見つめられると、自分がいかに平たい顔をした胴長短足かを思い知らされる。

「ここで、ランウェイかなにかをなさったんですか？」

「ええ、毎年参加してるの。よかったら、あなたたちも見に来てね」

「もちろん」とスギモトはほほ笑みを返し、晴香に言う。「ここはオードリー・ヘップバーンが映画『パリの恋人』のなかで、赤いドレスでポーズを決めたことがきっかけで、ファッション・ショーがよく行なわれるようになった経緯があるんだ。休館日や閉館後に、セレブを招いてパーティも開催されていてね」

興味深い話だが、晴香の頭には入ってこない。「へー」と口先では感心しながら、腹の内ではさまざまな感情が渦巻いていた。

モデルの女性はスギモトと握手を交わし、「解説してくれて、ありがとう。とても楽しかったわ。じゃ、さようなら（アデュー）」と去っていった。どうやら本当に、この場でたまたま出会ったようだ。スギモトは無類の美女好きなので、彼の方から声をかけたのかもしれない。

「そういえば、俺がロンドンに残してきた何点かの修復は、ちゃんと引き継いでくれただろうね？」

引き継いでくれただろうね、じゃないよ――。

だが、いつまでも怒っていては会話も進まない。

「もちろん。あとでコンディション・レポートを見せますね」

「素晴らしいよ、晴香」

「お褒めいただき光栄です」

冷たく答えると、さすがにスギモトもこちらの不機嫌さに罪の意識を感じたらしい。

「申し訳なかったよ、謝る。うまくフォローしてくれて、本当に感謝してる。俺がルーヴル美術館に招聘（しょうへい）されたのも、独立後の仕事を高く評価されたからだ。俺がナイトの称号を授かるなら、君はデイムだな」

「称号なんて要りません」

「これには事情があるんだ。機嫌を直してくれ」

晴香は呆れながらも、気になっていたことを訊ねる。

「どうして急にいなくなったんです？　どうしてパリ、しかもルーヴルに？」

スギモトは落ち着きはらった態度で《サモトラケのニケ》を指した。

「ルーヴル美術館の修復チームに加わるためさ。黙って出発したのには、一応の理由があってね」

なんでも、ルーヴル美術館にはフランス人しか職員として受け入れないという表向きのルールがあり、英国からスギモトを招く手続きは、極秘で進められていた。年が明けてようやく正式に、ルーヴル美術館の修復プロジェクトに単発で加わることが決まったので、仕事上のパートナーである晴香を呼び寄せる許可も下りたのだという。

「なるほど……たしかにルーヴル美術館は、館内に大規模な修復チームが常駐しているわけではなく、外部の修復士を必要に応じて呼んでケアをしていると聞いたことがあります。でも、まさかスギモトさんに白羽の矢が立っていたとは」

「天才修復士の名は、この国にも轟いていたわけだな」

涼しげに自画自賛するスギモトに、晴香はやれやれと思いながらも、この男の実力については嫌というほど見せつけられてきたので、反論はしないでおく。

そう言う晴香本人も、紙の素材を専門とする修復士として、日本で学んだあと、大英博物館でも数々の収蔵品をケアしてきたキャリアがある。また、和紙の職人をしている実家で育ったというルーツを持つゆえに、海外では重宝される人材でもあった。ルーヴル美術館に出入りする許可が下りたのも、そういった経歴が考慮された結果だという。

少し考えてから、晴香は声を低くして訊ねる。

「つまり、私もルーヴル美術館で働くってことですか」

「その通り」

「……悪くないですね」

しかしここで喜ぶのも悔しいので、晴香は唇を噛んで顔を逸らした。

「ただし、とある用事が終わるまで、だがな」

隠しごとをするとき特有の、思わせぶりな口調でスギモトは言った。

「なんです、とある用事って？」

「話せば長くなるから、追々話す。まずは、ニケの修復現場を案内しよう」

いつもの調子でスギモトはお茶を濁した。晴香はまたしても釈然としないが、パリに来てしまった以上、スギモトと一緒に仕事をしなければならない。表面上は、これまで通りに接しよう。晴香は気持ちを切り替え、スギモトにいざなわれるまま、立ち入り禁止になっていた「ダリュの階段」の内部に入っていった。

白いビニールシートの向こうに現れたのは、百段はありそうな長い階段だった。のぼりきった踊り場では、堂々たる大理石彫刻の傑作が待っている。頭部と両腕が失われ、不完全な姿でいながら、不滅の美しさをたたえた《サモトラケのニケ》だった。

周囲には、ドーム型になった吹き抜け天井に届くような、長さ五メートルはありそうな鉄パイプと板で足場が組まれている。さらに、まばゆい巨大なスタンドライト数台が、ニケの肌を照らし、白い壁に何重もの影を伸ばす。

台座の足元には、掃除用具やカメラが準備されているが、他のスタッフは休憩中らしくいなかった。

晴香はスギモトに促され、階段をのぼっていく。足場が組まれているとはいえ、ほぼ独占してニケと会えるなんてと胸が高鳴る。晴香は気がつくと、像の周囲を三六〇度回って、さまざまな角度から観察していた。

「すごい迫力ですね、やっぱり」

「迫力があるのは、階段のおかげでもあるだろうな。ここに置くことに決めた者は、けっこうな演出家だ」

「たしかに……それにしても、見れば見るほど、疑問がわいてきますね」

「ほう？」と、スギモトは晴香の素朴な問いに興味を示す。

「まず、なんといっても第一の謎は、どんな全体像をしていたのか、ですよね」

晴香は指を折りながら、話をつづける。

サモトラケとは、この像が出土した島の名前であり、ニケとは、勝利をつかさどる有翼の女神のことだ。ニケは知名度の高さとは対照的に、じつはギリシャ神話では多くを語られていない、いわばヴェールに包まれた神でもあった。そのせいか、その姿は、いにしえより壺絵や石像として、たくさんの芸術品に表現されてきた。晴香は以前、大英博物館のコレクションでもニケ作品を扱った経験があるが、どれも翼があるという点以外は、じつにヴァリエーションゆたかだった。

ニケがどんな顔をして、どこに手を差しのべ、あるいは、なにを携えていたのか。気が遠くなるような歳月のなかで、損傷を受けて破壊されたために、その本当の姿は闇に隠された。

「その問いは、この像を見たら一度は想像するロマンだな。この像は、一八六三年にサモトラケ島の劇場から発見され、シャルル・シャンポワゾというフランス人の外交官によってパリに持ち去られた。でも出土した当初、ニケは頭と腕だけではなく、右翼も失われていたんだ」

「今よりも状態が悪かったんですよね」

肯（うなず）いて答えると、スギモトは「とくに翼」とその方向を指した。

「現在の右翼は、のちの復元によって付け加えられた翼だ」

「そう考えると、ニケの全体像を見ることは、人々の熱烈な夢のようですね」

しみじみ呟（つぶや）いてから、晴香はふたつ目の疑問を口にする。

「前から気になっていたんですが、これほど巨大な翼をはばたかせながら、どうやって支えもなく自立しているんでしょう」

ニケは構造のユニークさという点でも、ギリシャ彫刻のなかで群を抜く。忘れてしまいそうになるが、ニケがつくられたのは二千年以上も前なのだ。

「たしかに、それはいい着眼点だな。普通だったら翼の重さに負けて、バランスを崩し後方に倒れるところだ。なんせニケは台座を除いても、高さ約二メートル半、重さにして五トン以上あるわけだから」

「五トンか……まぁ、これだけの大きさなら、そのくらいあるでしょうね。それなのに、今まさに天に飛びたっていきそうなくらい軽やか」

「古代ギリシャの彫刻家が重力に〝勝利〟した象徴でもあるわけだ。彼らの技術がいかに優れていたかを実感するよ。なんせ古代ギリシャの人々は、耐震技術にも優れていたと言われているほどだからね」

スギモトいわく、ニケは大きく二つのパートに分けられる。女神の部分と、台座である船首の部分だ。前者には、古代ギリシャでもっとも上質な素材と賞賛された、パロス島の純白色の大理石が使用されている。後者は、ロードス島の灰色がかった石灰岩でできているという。ふたつに分けることで、内側の心棒を内部に隠すことができた。

「そう言われてみれば、色がまったく違いますね」

「ああ。さっき出土したとき、翼のひとつがなかったという話をしたけれど、そもそも他のパーツも、無数の断片に割れていた。現在残っているこの胸像（トルソ）も、百十八の断片から復元されていてね」

「百十八も？　細かいパーツから成り立っているんですね」

「いわば、後世の修復士たちの汗と知恵の結晶ってわけだな」

「台座はいつ見つかったんですか」

「さらに時を経て、一八八三年になってからだよ。そのときにようやく、船の台座に乗っていたことが判明した。映画『タイタニック』で有名な、船首に立って両腕を翼のように伸ばし『アイム・フライング！』と叫ぶシーンも、この様子から着想を得たとされる」

晴香は感心して相槌を打つのをやめて、眉をひそめた。

「……最後のところは、創作ですよね？」

「正解だ。君もだんだん勘が鋭くなってきたじゃないか」

「あの、ちょいちょいテストみたいに挟むの、やめてもらえません？」

「真実と嘘を見分ける癖は、日頃からつけた方がいい」

当たり前のように言うスギモトに、晴香は気を取り直して、三つ目の疑問を口に出す。

「なんと言っても、一番気になるのは、いつ誰が、どういった目的でつくったのか。《サモトラケのニケ》は、その辺りもわかっていないんですよ」

「左様。様式的には、《ラオコーン》や《ミロのヴィーナス》と同じく、紀元前二世紀頃につくられたヘレニズム彫刻の傑作とされる。でも他の二点とも、作者もつくられた経緯もある程度ははっきりしているのに、ニケだけは多くがわかっていない」

ヘレニズムというのは、ギリシャ美術のなかでも、ローマ時代へとバトンが渡される最後の時期に狂い咲きした、奇跡のような様式だ。アレクサンドロス大王が広大な土地を支配したことによって、東方からの多様な文化がギリシャに流入して生まれた。当時の人々の混乱を表すかのような、情念のこもった激しさが特徴でもある。

「たとえば、ロードス島をめぐる海戦の勝利を祝っているのか、それとも、遠方に赴く戦士たちの安全を祈っているのか……もちろん、その辺りのことも、今回の修復プロジェクトでは改めて調査される予定だ」

「美術史上新しい発見があるといいですね」

「ああ。それが今回の俺たちの仕事だ」


晴香とスギモトがそんな話をしていると、白いビニールシートの向こうから、ぞろぞろと十名近いスタッフが入ってきた。そのうち、輸送係(ハンドラー)や技術者(テクニシャン)といった人たちを除けば、修復士は四名だった。スギモトに紹介され、晴香は挨拶する。

「あなたがケントの相棒ですね？」

「話は聞いていましたよ。紙の素材が専門だそうで？」

「はい、よろしくお願いします」

彼らは気さくな態度で、晴香に話しかけてくる。コンサバター同士というのは、国籍や年齢が違っていても、技術や知識を高め合える仲間なので、たいてい初対面でも打ち解けられる。なかには、大英博物館で働いていた頃に顔を合わせたことのある相手もいて、思った以上にやりやすそうな環境だった。

そのとき、彼らの背後から、背の高い年長の男性が入ってきた。

年齢はスギモトより少し年上で、四十代前半くらいだろうか。渋めの強面、といった感じで顎が細く、髪は一本残らずきっちりとオールバックに固められている。水色のシャツに紺色のジャケットというシンプルな装いながら、立っているだけで威圧感があった。視線はやけに鋭く、目が合っただけで、晴香は一歩後ずさってしまう。

その男性が現れた瞬間に、他の修復士は雑談をやめ、空気もピリッと引き締まったのがわかった。そのうちの一人がすかさず、「こちらはムッシュー・スギモトの助手の方だそうですよ」と、こちらに気を遣って英語で紹介してくれる。しかし彼はにこりともせず、フランス語でなにやら答えた。

晴香は自己紹介をするが、男性は名のらず、スギモトに向かって英語で言う。

「勝手に入れるなんて、どういうつもりだ？」

スギモトは涼しい顔をして、晴香の前に立って答える。

「本当は、先にみんなに紹介しようと思ったけれど、休憩でいなかったからね。勝手に入れたことで問題でもあるかな？」

そう問うたあと、スギモトは男性よりも先に晴香に言う。

「こちらは、マルタン。ルーヴル美術館の数少ない常勤職の修復士であり、ニケの修復プロジェクトの責任者でもある」

「よろしくお願いします」

晴香は頭を下げたが、マルタンはなにも答えず、晴香のことを一瞥もしない。代わりに他の修復士に向かって「早く作業に戻るように」と手を叩いて言った。晴香はそのまま別の修復士に、現場を案内してもらうことになった。

いやはや、と晴香は内心ため息を吐いてしまう。どの国にも、ああいう職人気質のおじさんはいるものだ。日本の表具師のもとで見習いをしていた頃も、大英博物館でも、規範を重んじるベテランの修復士の存在感は大きかった。

とくにヨーロッパでは、そういう類のおじさんは、なぜかアジア系の若者に冷たい傾向にある。人種差別とまではいかなくても、フランス人であることが第一の条件とされるルーヴル美術館では、とつぜんやってきたアジア人の娘が、そう簡単に受け入れられるわけではなさそうだった。

それから晴香は、スギモトから手渡された予定表と調査レポートに目を通し、今回のプロジェクトの全容を、おおまかに把握した。

修復は数ヵ月を予定しているが、場合によっては、延長されるという。これまで年二回くらい、定期的にホコリや汚れは取りはらわれていたが、こうした大がかりな修復は滅多にできない。最後に行なわれたのは、今から二十年も前だった。とくに高いところ、像の頭部近くは、安全性の観点から後回しにされてきた。

したがって、まずは現状を記録するために、隅々まで撮影し、最後の手入れからどのくらいの異物が付着したかを調べたうえで、今後の段取りを調整していく。記録が終われば、清掃に入る。クモなどの昆虫が巣を張っている恐れもあるので、刷毛（はけ）や綿布（めんぷ）といった道具では追いつかない。大理石専門の修復士が、特殊な掃除機を背負って、照明を当てながら吸引することになるだろう。

表面の汚れを落としたら、本格的な手入れ作業をするために、台座と分解したうえで像の本体はクレーンによって宙づりにされ、広いスペースに移動される。粘着質なススを拭っていったり、表面に染みついた汚れをレーザーで除去したりすれば、見た目もずいぶんと明るくなるだろう。

そのあとは、ニケ研究者や科学調査班によって、普段はできない特殊な作業が行なわれる予定だ。運がよければ、これまでに気がつかなかった些細な発見があり、作品の知られざる歴史の発掘につながるかもしれない。

それら一連の作業を支えて他の研究者の手伝いをするのが、コンサバターの役割だった。

気がつくと、来場者が行きかう靴音や話し声が小さくなっていた。もう閉館時間を過ぎたようだ。

白い作業用ヘルメットをかぶった作業員は、像の脇まで近づいて、いまだ小型カメラでの近接撮影に集中している。他にも、ニケを研究しているキュレーターや大学教授といった人たちが、貴重な機会に作品を調査するために、グループで見学に来ていた。

晴香はスギモトから声をかけられた。

「今日はいったん、宿泊先に行くといいよ。マルタンとも話をしてきたけれど、君には明日から、チームに加わって作業をしてもらうから――」

そのとき、足場の上の方から、フランス語が飛んできた。見上げると、修復士の一人が手を挙げている。

マルタンがフランス語で答え、階下からそちらの方に向かう。このプロジェクトではスギモトや晴香に配慮して、基本的には英語が使用されているが、よほど驚いたのか、咄嗟にフランス語が口をついてしまったようだ。

二人は足場の上で興奮気味にやりとりをしたあと、こちらに降りてきた。マルタンは集まったスタッフたちに、手のひらを広げてみせた。そこには小さな金属製の輪っかが、ひとつあった。

「……指輪？」

スギモトが顔を近づけて、呟く。

「襞の隙間に隠されていたんだ」と、修復士は英語で答える。

「なぜ、そんなところに？」

スギモトの問いに、マルタンは顔をしかめた。

「君たちには意外だろうが、こういうものは、じつに多いんだ。ありがたいものにお金を投げるというアジアの文化が原因でね」

嫌味っぽい発言だが、スギモトは気にする素振りも見せず、「あっ、賽銭のこと？」と指を立てる。

「私にはわからんが、とにかく、そのおかげでこの美術館では、作品の近くにコインや貴金属がやたらと落ちていてね。もちろん、監視員も十分注意をしているが、作品を傷つける危険もあるから、たいへんな迷惑だよ」

視線で促された先を見ると、修復士の一人が箱を持ってやってくる。蓋を開けると、これまで作品の近くで拾われたという〝お賽銭〟が、山ほど詰まっていた。なかには、鋭利なアクセサリーもあり、たしかに厄介そうだ。

「なるほど。この指輪も、そうだと？」

「間違いない。いちいち目くじらを立てていたら、本当にキリがない。とりあえず、目視で傷は見当たらなかったけれど、写真を撮っておいたから、あとで作品に損傷がないかを調べておこう」

そう言って、マルタンは見つかった指輪を、さきほどの箱のなかに無造作に入れた。他のスタッフたちが淡々と仕事をつづけるなか、スギモトは一人その箱に近づいて、その指輪を手にとる。そして、まじまじと観察したあと、信じられないことに、指輪をシャツの胸ポケットに素早く忍ばせた。

「えっ、いいんですか？」

様子を見ていた晴香は、声をひそめて訊ねる。

「大丈夫だ」

「本当に？」

「ほら、見てみろ。みんなニケを心配するだけで、指輪になんて興味を持ってない」

「そうですけど、だからって、いいんですか？」

「気になったことがある」

ウィンクをしたスギモトは、なにやら企んでいそうだった。晴香の荷物を代わりに持ちあげて「行くぞ」と歩きはじめる。

美術館の外に出ると、日は沈みきっていた。ランドマークであるガラスのピラミッドは月明かりや街灯を反射し、その近くでは荘厳な外壁や噴水がオレンジ色にライトアップされている。閉館時刻を過ぎているとはいえ、ルーヴル美術館の周囲は夜の宮殿を見学しにきた観光客で混雑していた。

「さっきの〝気になったこと〟ってなんですか」

晴香が訊ねると、スギモトは指輪をこちらに差しだした。

くすんで劣化しているが、金の指輪だった。一センチほどの幅があり、そのうち半分は糸のように細くした金で、草花のような模様が編まれている。晴香はこういった装飾を見たことがあった——そう、フィリグリー細工である。エーゲ海からも出土し、古代ギリシャ時代から存在した技法とされる。

「ちゃんと見ると、すごく凝った作品ですね」

「注目してほしいのは内側だ」

細工の施された部分ではなく、残りの太い部分に目を凝らす。なにやら文字が刻印されている。英語ではないようだ。

「なんて読むんでしょう」

「ギリシャ語の格言だよ。『翼はひとつでは飛べない』」

「……翼ってことは」

閃いて顔を上げると、スギモトの瞳が夜の光をきらめかせていた。

ギリシャ語と〝翼〟という単語。翼を持った女神――ニケに潜んでいた指輪に刻印された文字としては、あまりにも偶然が重なる。どうやらこの指輪は、好奇心という彼のアンテナに引っかかったようだ。

「マルタンさんに叱られないといいですけどね」

「バレなきゃいいんだ。じゃ、またあとで」

館内に戻っていくスギモトの軽やかな足取りを眺めながら、この男ならどんな環境に置かれても、その場での楽しみ方を見つけられるのだろうと晴香は思った。

*

パリに来て三日が経った金曜日の夜、晴香とスギモトは、修復プロジェクトのメンバーに誘われて、ルーヴル美術館から徒歩二十分ほどの、サン＝ラザール駅からほど近いビストロを訪れた。

冬風の吹く石畳の路地裏沿いに、暖色の光がぼんやりと浮かびあがる店構えだった。大きな看板もテラス席もない。客のほとんどが地元の人のように見える。内装は個性的なデザインの照明の他、アンティークや絵画があちこちに飾られていた。

集まった修復士をはじめ、他のスタッフたちも、美術館で見せていた仕事中の顔とは打って変わり、羽を伸ばして仲間と大笑いしたり、プライベートな話題を口にしたりと、自由な雰囲気だった。

パリに到着してからずっと、チェーンの飲食店などで、カロリー摂取のための食事しかしていなかった晴香は、意気揚々とメニューを広げる。が、そこにはびっしりとフランス語が並んでいた。

「わ、わからない……」

「大丈夫、私が教えてあげるから」

となりに座っていた年齢の近い女性修復士が、メニュー表をとって、おすすめを教えてくれる。前菜には、フォアグラ、エスカルゴ、生ガキなど、フランスならではの味覚が楽しめそうだし、晴香としては魚料理も肉料理も心惹かれるものばかりだった。それぞれに合うワインの選択も悩みどころだ。しかし目の前に座っているスギモトだけは、黙りこんでメニュー選びに参加しようとしない。

「どうしたんです？」

「俺はなんでもいい」

「体調でも悪いんですか」

「味覚というのは、甘味、酸味、塩味、苦味のせいぜい四つだ。あとは、無味、金属の味くらいか。それら四点が結ぶ四面体のどこかに、それぞれの好みが存在し、多くの好みが集中する点がいわゆる美味とされる。その点を追求するために、食中毒やら環境破壊やら、どれほどの犠牲が強いられてきたか――」

「飛躍しすぎです。つまり、興味がないわけですね。ちなみに、味覚にはうま味とかもありますから、そんなに単純な話じゃありません」

晴香は冷たく返しながら、スギモトという男は、食にほとんど興味を示さないのだと改めて思い出す。なんせ三食、フィッシュ・アンド・チップスでも十分満足でき、トマトケチャップを野菜だと豪語するくらいだ。屁理屈をこねるスギモトを制し、「とりあえず、私が頼んでおきます」と、晴香は注文を終えた。

それでも、参加した修復士たちは、スギモトと夕食をともにすることを楽しみにしていてくれたらしい。美術館では腰を据えて話す時間のなかった分、スギモトはつぎつぎに質問攻めにされていた。

「あなたのお噂は、かねがね聞いていました。大英博物館では、史上最年少のシニア・コンサバターだったのに、あっさりその立場を捨てたなんて。しかも今のようにフリーになったあとの方が、ますますご活躍なさっているじゃないですか」

「いや、ご活躍だなんて大袈裟……でもないですがね」

謙遜しているようでしていないスギモトに、別の修復士が言う。

「だって、ゴッホの《ひまわり》を見事に鑑定してみせたうえに、フェルメールの知られざる真作を見つけだしたそうですね？　そのあとは、日本の著名な屛風を復元したと聞きました。名だたるチーム相手にコンペで優勝したんですって？」

「ええ。優秀なチームが揃っていたので、素晴らしいコンペでしたよ」

「やっぱり！　ぜひそのときの話を聞かせてください――」

ワインを片手に、いささかの、いや、かなりの誇張を交えながら、これまでの仕事ぶりを面白おかしく語ってみせるスギモトに呆れながら、晴香はどこか腑に落ちない。スギモトは飄々（ひょうひょう）とした一匹狼のはずなのに、本気でルーヴル美術館で働くつもりなのだろうか。また、とある用事ってなんだろう。

そのとき、冷静な声が飛んできた。

「大英博物館は、クビになったんじゃないのか？」

マルタンだった。その場がしんと静まり返る。

スギモトは斜め向かいに座るマルタンの方を見て、「ほう」と眉を上げた。

「自分から辞めたのではなく、解雇されたのだと聞いたぞ。少なくとも私は、おまえのことを認めない。結局のところ、修復に大切なのは、秩序とルールだよ。組織的な正確さがなければ、修復士の仕事は成り立たない」

美術館にいるときとなんら変わらない緊張感のマルタンを、スギモトは余裕たっぷりに「あなたは、そう思われるわけですね」と見つめ返す。

「ルーヴルには自国の修復士の雇用を優先的に守るというルールがある。それなのに君はまたしても、そういった制度を破ってここにいる。つまり君は、他者にとっては有害な仕事ばかりしているわけだ。トラブル・メーカーとでも呼ぶべきか」

他の修復士は顔を下げ、マルタンを刺激しないように気を遣っているらしい。

するとスギモトは立ちあがって、マルタンの手を握る。

「ご安心を。あなたに私の実力を証明するのが待ち遠しい」

スギモトは紳士的にほほ笑み、マルタンはムッとしたように答える。

「だったら、モデルの女なんかとしゃべり込んでないで、真面目な勤務態度を見せてほしいものだな」

「モデルの女なんか？　ずいぶんと前時代的な価値観をお持ちで」

一瞬、火花がバチッと散ったように思えた。

絶妙なタイミングで、店員がつぎの料理が運んできたので、周囲のスタッフたちは口々に話題を変えた。言い争いは終わったものの、険悪なムードは消えなかった。マルタンが席を立ったタイミングで、となりの女性修復士がふと、晴香に呟く。

「こういう食事会に、マルタンさんが参加するのは珍しいんですよ」

「そうなんですか？」

「ワイン好きではあるけれど、プライベートも仕事中と同じで、浮いた噂はひとつもない修復一筋の、厳格な方だから」

「へぇ、それはすごい」と、晴香は目を丸くする。

女性修復士はフォローを入れるようにつづける。

「だから、悪い人じゃないんです。一人一人のことをよく見ているし、修復部門が今のように機能しているのは、彼のおかげです。私たちも、緊張感を持って仕事に集中できているから。ただ、保守的というか、昔気質な人なんです」

「なるほど。古きよき徒弟制度のなかで生きていそうな方ですね」

「本当に、そんな感じです」

＊

　ようやく訪れた週末の朝、晴香はせっかくのパリ滞在を満喫しようと、スマホでおすすめの観光スポットを検索する。シャンゼリゼ大通りの店を冷やかし、セーヌ川クルーズを堪能してもいい。あるいは、オルセー美術館で名画を楽しむか、マルモッタン・モネ美術館で印象派を満喫するのもよさそうだ。

　そのとき、部屋の入口から大音量のクラシック音楽が流れてきた。

　ぎょっとしてドアの方を見ると、スギモトがスピーカーを抱きながら仁王立ちしていた。

「なんですか、急に！」

　ずいぶんと勇ましい曲調で、テンポも速く聞き憶えがある。

「この曲の題名は？」

「えっ……聞いたことはありますけど」

「君はもう少し音楽の偏差値を上げた方がいいね」

「余計なお世話です。そんなことよりどうしてここに？　朝早いのに」

　スギモトはやっとスピーカーの音量を下げると、こう答える。

「俺の宿泊先もここ、同じアパルトマンなんだ。どちらも、ルーヴル美術館のスタッフから紹介された物件でね。本当は、パリ在住の修復士の持ち物だそうだが、今は海外で働いているから、間借りさせてもらっているというわけだ」

「なるほど……だから、こんなに安く一等地に泊まれているんですね」

滞在しているのは、パリ二十区のなかでも南西の端の方にある、十四区のモンパルナス地区だった。アパルトマンは数百年前につくられたという古い建物で、水のトラブルは日常茶飯事のようだが、とはいえ部屋が狭いことで有名なパリの割には、広々としたベッドやクローゼット付きで、短期滞在には十分快適な部屋だった。

「それより、早く支度して。出発するぞ」

「今日はお休みでは？」

「おいおい、まだ寝ぼけているのかい？　ルーヴルでの仕事は休みでも、他にもやることが山積みなんだ」

絶句する晴香をよそに、スギモトは許可なくさっさと部屋のなかに入って、「君を待っているあいだに、一杯紅茶をいただくよ」と優雅にお湯を沸かしはじめる。仕方なく支度をしながら、晴香は訊ねる。

「それにしても、さっきの音楽はなんです？」

「ベートーヴェンの交響曲第三番『英雄』」

「そうじゃなくて」

どうして音楽をかける必要があったのだ、と訊きたかった。けれど、こういった妙なサプライズはロンドンでも日常茶飯事であり、たいていその後に答えがわかるので、晴香は諦めることにした。


スギモトと徒歩で向かったのは、ヴァンドーム広場だった。

チュイルリー公園からパレ・ガルニエに向かう途中にある、パリでも有数の美しさを誇る広場である。十八世紀の宮殿の裏庭に迷いこんでしまったような気品あふれる広場は、週末の午前中とあって、観光客で賑わっていた。

中央には柱塔がまっすぐ天に伸び、見事に調和のとれた四階建ての建物がまわりを囲む。スギモトいわく、この広場はルイ十四世によって建設されたが、中央にある塔は、ナポレオンがオステルリッツにおける勝利を記念しているという。

「ナポレオンですか……もしかして、今朝の音楽はナポレオンを意味してました？」

「正解。『英雄』は当初『ボナパルト』という題名だった。けれどもベートーヴェンは、ナポレオンが皇帝に即位して自らの住むウィーンを占拠したことに失望し、曲を『英雄』に改題した。だからムードづくりのために聞かせてみたというわけさ」

「どうもありがとうございました」

嫌味を込めて言ったのに、スギモトは「どういたしまして」とほほ笑む。

「ここの塔の柱に使われた青銅は、ナポレオンがプロシア軍から奪った戦利品の大砲を溶かしたものでね」

「立場が変われば、英雄も暴君になり得るわけですね」

「この広場はとくに、パリの歴史をよく伝えてくれる。たとえば、ショパンが最後に暮らした家もあるし、ダイアナ元妃が最後の食事をとったホテルも近い」

「詳しいですね、さすが」

「俺は生粋（きっすい）のロンドンっ子だが、パリのガイドも務まりそうだな」

髪をかき上げるスギモトに、「自画自賛ですね」と返しながらも、たしかに彼と一緒にいるのもそれはそれで、楽しい観光になりそうだと胸が躍った。ふと広場を見回すと、建物にさりげなく記された店の名前に、晴香は及び腰になる。

「えっ、カルティエ……ブルガリ……？　ヴァン・クリーフ&アーペル！」

「そう。ここは老舗（しにせ）の高級宝飾店が軒を連ねるエリアでもある」

「いったいなんの用が？」

「それは行ってみてのお楽しみ」

こちらの動揺をよそに、スギモトがさっそうと向かったのは、そのうちの一角に構えられた小さなドアだった。

ショーウィンドウには白いカーテンが引かれているものの、宝石のあしらわれた細緻な意匠のペンダントが、さりげなく一点だけ展示されている。ニケから見つかった指輪にもあしらわれていた、フィリグリー細工の商品だった。多用された文様にも、いくつか共通点があった。

「その指輪も、このブランドの商品かもしれませんね」

「それを確かめるために、ここに来たんだ」

スギモトは肯き、店の呼び鈴を押した。高級ジュエリーの店とあって、誰でも気軽に入れるわけではなく、客はこうして呼び鈴を鳴らし、来意を伝えなければならない。

重厚なドアには、アルファベットで「pteryx」と金字で刻印されている。

「なんて読むんでしょう」

「プテリュクス——この店のブランド名だ」

すでにアポをとっていたらしく、名前を告げると、ドアが解錠する音が聞こえた。素っ気ない店構えとは対照的に、店内に一歩足を踏み入れると、光にあふれた華やかな空間が待っていた。天井から吊られたシャンデリアが、その下に並ぶガラスの展示ケースに、さまざまな角度から光を与える。展示ケースには、ペンダント、ブローチ、指輪といった各種のジュエリーが飾られていた。

「ムッシュー・スギモト。お待ちしておりました」

黒いスーツを着た白人の若い美男子が、清潔感のある笑みを浮かべ、空間の奥にある階段へと案内する。見事なブーケを通りすぎ、階段をのぼりきったところに、アール・デコ調のソファとテーブルのある応接空間があった。

お辞儀をして待っていたのは、グレーヘアがよく似合う「マダム」と呼びたくなるような白人女性だった。

向かいあってソファに腰を下ろすと、マダムは英語で挨拶をした。

「本日は、わざわざお越しいただき、ありがとうございます。ムッシュー・スギモトは、ルーヴル美術館の修復士でいらっしゃるそうですね？　貴館では、かねてより弊社のランウェイを開催させていただき、お世話になっております」

「ご丁寧に恐れ入ります。ただ、私は正式にルーヴルの職員というわけではありません。現在、《サモトラケのニケ》の修復に関わっておりますが、期限付きの立場であり、普段はイギリスを拠点にしています」

スギモトが答えると、マダムは口をつぐんでスギモトを見つめた。

「イギリス？　へぇ、ルーヴル美術館に外国の方が出入りなさるとは、珍しいのではありませんか」

「はい。表立っては言えませんので、ここだけの話です。あなたは信頼のおける方のようですので、あえて本当のことを話しております」

お茶目に言うスギモトに好感を抱いたのか、マダムはほほ笑んだ。

「さきほどおっしゃった《サモトラケのニケ》から、弊社の商品らしきものが見つかったそうですね？」

「はい、その通りです。正式な依頼ではなく、私個人の興味として、御社にお伺いしたいことがあり、今日は参りました」

「実物を拝見できますか」

「もちろん」

スギモトは《サモトラケのニケ》から見つかった古い指輪を、マダムに差しだす。

マダムは白い手袋をはめて、宝石用の筒状ルーペが装着された眼鏡をかけたあと、その指輪を慎重に受けとる。テーブルの上に置かれたライトを当てて、十秒ほどまじまじと観察したあとで、こう結論づけた。

「たしかに、これは当社のデザインである可能性が高いです」

「いつ頃にデザインされたものか、わかりますか？」

「ええ、当然です。われわれは、大量に同じ商品をつくる他のブランドとは違って、お客様からオーダーを受けて、手仕事でひとつひとつの商品をつくります。ここにあるのは、いわばオートクチュールの装飾品です」

「では、資料をさかのぼれば、確かめられるわけですね」

マダムは肯いた。

「私の印象では、おそらく二十年以上前のデザインではないかと思います。しかも、リングのセンターにつけられたダイヤモンドは、おそらく本物で、われわれが扱っているカットの仕方に酷似しますから、婚約指輪と考えて間違いないでしょうね」

スギモトは口元に指を当てたあと、顔を上げてマダムに訊ねる。

「この指輪は、《サモトラケのニケ》の像の、深く掘りこまれたドレープの溝に、長いあいだ隠されていました。いつ、どのタイミングからそこに潜んでいたのかは、もはや美術館のスタッフもわかりません。よろしければ、持ち主について情報をいただけませんか」

マダムは息を呑んだあと、戸惑いの表情を見せた。

「持ち主に返すということでしょうか？」

「はい」

「申し訳ありません、それはちょっと……」

「しかし、こちらのようなハイジュエリーのブランドであれば、すべての記録が残されているはずです」

いつになく強引なスギモトの姿勢に、マダムは模範的な笑顔に戻ったあと、テーブルの上のリングスタンドを、こちらに向かって少し押し戻した。

「今回はあくまで、鑑定のご依頼かと思っておりました。残念ながら、他の顧客の情報を明かすことは、どのような目的であっても、われわれにはできかねます。ただし念のため、記録の写真を撮っても？」

「ええ、どうぞ」とスギモトは手のひらで示した。

もう少し交渉をつづけるかと思いきや、スギモトはあっさりと引き下がった。

マダムに礼を伝えて外に出ると、ヴァンドーム広場には、アジア系観光客がいくつかの団体を成し、さきほどよりも賑わっていた。有名ブランドの入口では、強面の警備員が目を光らせるなか、観光客が出入りをしている。

晴香はスギモトに訊ねる。

「ハイジュエリーだからこそ、そう簡単に顧客情報を教えてもらえないってことは、スギモトさんもここに来る前からわかっていたんじゃないですか？　それなのに、どうしてわざわざ来店したんです？　さっきのやりとりも、ずいぶんと強引でしたが」

的を射た質問だったらしく、スギモトはにやりと笑った。

「ここのブランドの名前の、本当の意味はなんだと思う？」

晴香は首を振った。

「〈プテリュクス〉――ギリシャ語で『翼』。有翼の女神であるニケに隠された、『翼』というブランドの古い指輪。そしてその内側には、『翼はひとつでは飛べない』という刻印がなされていた。あまりにも偶然が重なっていると思わないか？」

＊

スギモトのねらい通り、開館中のルーヴル美術館「ダリュの階段」の近くに一人の紳士が現れたのは、翌週の昼下がりだった。全身黒ずくめで、黒縁の眼鏡をかけた、執事と呼びたくなるような服装の紳士だった。ひょろりとした立ち姿で、年齢は六十代前半くらいだろうか。

「ムッシュー・スギモトという修復士は、こちらに？」

入口のところで休憩中に、紳士から声をかけられた晴香は、「少しお待ちください」と言い残して、スギモトを呼びにいく。ちょうど近くで、別の修復士に作業の指示をしていたマルタンに、「あれは誰？」と問われたので、晴香は「さぁ、わかりませんが、スギモトさんに話があるそうです」とだけ答えておいた。

ノートパソコンを閉じて、やってきたスギモトに、紳士は慇懃(いんぎん)に言う。

「先日、古い指輪の件で、われわれの店にお越しくださったそうですね」

「ええ、なにかわかりましたか？」

紳士は胸の辺りに手を当て、肯いた。

「われわれはお客様の個人情報を厳守し、そういった調査には、原則、協力いたしませんが、特別な事情のある指輪のようですから、われわれの方で持ち主に問い合わせました。すると持ち主の方から、この指輪をどうしても返してほしい、という要望を賜りまして、今日は代理で、ここに参った次第です」

「では、持ち主がわかったのですね？」

「左様」

紳士はにっこりとほほ笑んだ。

「しかし、私たちに持ち主の正体や、ニケに隠されていた理由を明かすつもりはない、と」

「ええ、恐れ入りますが」

少し考えてから、スギモトは改まって答える。「指輪の返却をお望みであれば、われわれも正式な手続きを踏まなければなりません。《サモトラケのニケ》ほどの所蔵品から見つかったので、せめて経緯を知る必要があります。それに……先日、私は冷たくあしらわれましたが、どういう風の吹き回しでしょう？」

紳士は「たしかに」と苦笑を浮かべたが、それ以上情報を明かそうとはしない。ただ修復中のニケの方を見上げて、しみじみと呟く。

「まさか、二十年近く、ここにあったとは……」

「奇しくも本当に長いあいだ、眠っていたわけですね。今回、久しぶりに修復が行なわれるおかげで発見されました」

「一市民として、仕上がりを期待していますよ」と、紳士は言う。「私は物心ついた頃から何度もルーヴル美術館に足を運んできましたが、とくにギリシャ彫刻に魅了されました。圧倒的な魅力を持つこの女神が、本当はどんな姿をしていたのかと、とりとめもなく想像を巡らせたものです。まぁ、その頃の姿に戻すのは無理でしょうが、どうか美しくよみがえらせてください」

しばらくニケの方を見ている紳士に、なにやら閃いたようにスギモトは眉を上げた。

「今あなたは、《サモトラケのニケ》が本来どんな姿をしていたのか、全貌を知りたいとおっしゃいましたね？　よろしければ、少し私と館内を歩きながら、彼女の本当の姿について話しませんか。納得のいく答えが見つかるかもしれません」

不思議そうにこちらを見た紳士に、スギモトはつづける。

「恐れ入りますが、あなたは〈プテリュクス〉の一社員ではなく、ブランドを立ちあげた創業者では？」

晴香は耳を疑いつつも、「あっ」と声を上げてしまった。

週末、ヴァンドーム広場を訪れたあと、宿泊先のアパルトマンに戻ってから、指輪のブランドについて調べた。パリの知る人ぞ知る宝飾店〈プテリュクス〉は、存命の創業者によって一代で築かれたという。近年では、次世代の職人を雇っているが、かつては創業者でもある男性が、一人ですべてのデザインと制作を担っていたらしい。

創業者をうつした数少ない写真も、調べる過程で目にしていた。しばらく前に撮影された画像なうえに、この日は眼鏡をかけているので気がつくのが遅れたけれど、創業者その人に違いなかった。

どういうことだろう、と晴香はますます疑問が深まる。創業者自らが、素性を隠してやってくるなんて。そこまでして取り戻したいほど、この指輪は特別なのだろうか。だとしたらなぜ、ニケに隠されていたのか。

紳士は観念したように息を吐き、眼鏡を外した。

「ええ、私は創業者のジョルジュです」

ふっと笑みを漏らしたあと、ジョルジュはつづけた。「いいでしょう。それでは、あなたの導くニケの真の姿への答えが、私の満足いくものであれば、この指輪の秘密を明かそうではありませんか」

ニケが展示された「ダリュの階段」をのぼりきると、左手につぎの展示室の入口がある。その入口すぐのところに、ガラスの展示ケース内で光を浴びる大理石の手があった。全長三十センチほどで、手をひらいて指を伸ばしている。

周囲は多くの来館者で混雑しているにもかかわらず、その手に目を留める人はほとんどいない。素通りされる展示ケースの前で立ち止まったスギモトに、ジョルジュは訳知り顔で呟く。

「ニケの右手……ですね」

「まさしく。頭部と腕を失った《サモトラケのニケ》ですが、じつは、オリジナルの姿を伝える二点の大理石彫刻が、ルーヴル美術館には存在します。ひとつ目は、のちに発見されたニケの手。この大理石作品です」

トルソが出土したあと、たくさんの考古学者たちが、手や腕を捜したという。数年かけた大がかりな発掘作業ののちに、この右手だけが見つかった。しかし今も残っているのは薬指と、親指だけだ。

「そう、じつはニケのリング・フィンガー（薬指）は存在するわけです。あの指輪は、だからこそ、ニケに捧げられたのでしょうか？」

スギモトが訊ねると、ジョルジュは面白そうに笑った。

「だとすれば、なかなか頓智が利いていますね。しかしこんな風に、ホコリっぽく薄暗いところで素っ気ない展示ケースに入れるなんて、私にはあまり賛成できません。それに、あなたが話したかったことというのは、このことだけですか？」

「いえ、他にもあります。話を先に進めましょう」

つぎにスギモトが向かったのは、古代ギリシャの大理石彫刻がずらりと展示された、地上階の展示室だった。

クラシック様式とヘレニズム様式の傑作が、自然光で満たされた、円柱が回廊のようにつづく空間のなかで、白く輝いている。もっとも人を集めているのは、ニケと双璧を成す《ミロのヴィーナス》像だった。そのなかで、ひっそりと展示されている一体の首像の前で、スギモトは立ち止まった。

その首像の顔は、晴香にとっては、とても身近なものでもあった。

なぜなら、日本でデッサンの勉強をするならば、避けては通れない代表的な石膏像であるからだ。日本全国に数えきれないほどの複製が存在し、通称「ラボルト」と呼ばれる。ラボルト伯爵が所有したことから、そんな呼び名がついたが、もともとはパルテノン神殿の破風(はふ)彫刻だった。

「この女性の首像が、長らくニケの顔であると信じられていたことは、ご存じですか」

ジョルジュは目を瞠(みは)って、首を左右に振った。

「これが？」

「多くの学者が、像の大きさや、それまでにつくられたニケの表情や髪型との比較から、そうではないか、と考えたのです」

「では、君もこの女の顔こそ、ニケだと？」

「いいえ。実際は《サモトラケのニケ》よりも数百年前につくられた、別の女神を表した首像だという説に、私も賛成しています。それにこの鼻は、本来失われていて、後世につけ加えられたものでもありますから、本来の顔とはしがたい」

「興味深い話だ」

「でしょう？」

「が、ならば君の答えはどこに？」

そう言いながらも、ジョルジュは楽しそうだった。

「そう急かさないでください」

スギモトは笑みを返して、歩きながら答える。

「私はこの過程こそが、答えなのではないかと思っています。ギリシャ美術史上の高名な傑作ほど、制作の直後からずっと失われているからです。戦争や侵略だけでなく、地震や洪水といった災害もしかり。人や自然によって、さまざまな被害を受けてきました」

たしかにギリシャ彫刻の多くには、かつて彩色が施され、眼は玉石の光る瞳を持ち、わずかにひらいた口のなかには、銀の歯が並んだものもあったという。時の流れとともに、自然災害による不可抗力であれ、人為的な悲劇によってであれ、そうした華美さは失われ、今の白い姿へと変化していった。

「もっと言えば、たった今つくられたばかりの、完璧な姿で出会っていれば、果たしてこれほどまでに魅了されたでしょうか？」

スギモトの問いには答えず、ジョルジュは神妙な表情で、数えきれない大理石彫刻を通り過ぎていく。それらの多くは、歩んできた歴史の険しさを伝える一方で、寿命を超越しているからこそ神々しかった。

「たしかに《サモトラケのニケ》をはじめ、大部分が失われているからこそ、人々の想像をかきたてるんでしょうね。欠損こそがニケ最大の魅力。どんな姿にでもなれるから、ニケは偉大な女神でありつづけてきた。人の記憶と同じですね」

「記憶と？」

スギモトは眉を上げて、ジョルジュに訊ねる。

「ええ。二度と元に戻らないからこそ、自由に理想を重ねられるという点で、同じように人は自分に都合のいいように記憶を捻じ曲げ、つくり変えていくわけです」

「なるほど」と肯き、スギモトは意味ありげにつづける。「であれば、私たちは正しい想像力をもって、それらの真の姿を補わねばなりません。失われたもの、遺跡や廃墟ばかりを崇拝する態度を捨てることが、なにより必要なのだろうと思います」

「それは決して、簡単ではないでしょうね」

苦笑するジョルジュに、スギモトは大きく肯く。

「もちろんです。しかし、かつて私の友人が教えてくれました。彼はギリシャにルーツを持つキュレーターで、パルテノン・マーブルを祖国に返そうと奮闘していました。彼のような人々の努力で、今では少しずつ交渉が進んでいますが、私はそうした真実に向きあう姿勢こそ、未来への原動力になるような気がしてなりません」

思えば、大英博物館ではじめてスギモトの助手を務めたのも、同じくギリシャ彫刻にまつわる事件がきっかけだった。その際、キーパーソンとなったあのキュレーターと、スギモトは今も連絡をとりあっているらしい。晴香がその頃をなつかしく感じていると、ジョルジュが決心したような表情で、こちらに向き直った。

「興味深い話をありがとうございました。指輪の持ち主を明かしましょう。もうお気づきだろうけれど、あの指輪を所有していたのは、他でもない、この私。自分のために、自分の手でつくった最初で最後の指輪が、あの一点でした」

スギモトは表情を変えずに、「やはりそうでしたか」と相槌を打つ。

「当時、私にとって《サモトラケのニケ》は特別な存在でした……いや、正確には、私たちにとって、と言った方がいいでしょう」

前置きをして、ジョルジュは語りはじめた。

——なぜ人はジュエリーに憧れるのか。

その答えは、じつに単純です。ジュエリーには、身につけるだけで万能感を与える、不思議な魔力があるからです。歴史をひも解いても、古来、魔除けや祭祀といった呪術的な役割を担ってきました。それは、ただ見た日を飾るだけではない、妖気を放つためだと言えるでしょう。

だからこそ、ジュエリーはときに人を惑わします。欲望にまみれた、現在のダイヤモンド市場を見れば一目瞭然。翡翠（ひすい）やルビーなど、いわゆる宝石と呼ばれる石には、他の石にはない〝なにか〟があるのです。

とはいえ、〈プテリュクス〉を創業するまでの道のりは、困難の連続でした。父は同じくジュエリー業界にいましたが、名もなき彫金職人であり、家計は貧しく、私も幼くして徒弟生活に入らされました。当時のフランスは社会階級が今よりはっきりしていて、職人の子は職人になる、というのが当たり前でした。

だから昼は、金細工師として生活の糧を稼ぎながら、夜は技術学校に通って、猛勉強をしました。その後、エコール・デ・ボザールの彫刻科に入学したのは、周囲の職人たちと自分との差別化を図るためでした。

ボザールの学生になったとき、私は三十歳になろうとしていました。そこで血気盛んな若い子たちにまじって、一人の女性と出会ったのです。私と同じく、彫刻を学びながらもジュエリーに興味があって、才能にあふれる女性でした。一回り年下の相手でありながら、私は出会ってすぐに惹かれました。

私たちを結びつけたのは、ルーヴル美術館の《サモトラケのニケ》でした。二人ともルーヴル美術館が大好きで、月に何度も通いつめていました。館内の名品のなかでも、彼女が愛していたのが、このニケ像でした。芸術家としてパリで成功しますように、と何度も願をかけていたほどです。

彼女にとって、ニケはまさに「勝利」を象徴していました。だから、ボザールを卒業する前に、私は彼女の前で愛を誓ったのです。あの指輪を、ただ一人の女性のためだけにつくったのも、その頃でした。

けれども、結婚を申し込むほどの勇気は出せませんでした。私は卒業後、金細工工房に就職したものの、経済的に自立するには程遠い収入でしたし、彼女に受け入れてもらえる自信もなかった。いずれは独立して、ジュエリー・デザイナーとして生計を立てたいという夢と現実のあいだで、私はくすぶっていました。

だから指輪も、長いあいだポケットに隠されていたのです。

あるとき、私は彼女の部屋で素晴らしいデザインのスケッチを発見しました。お互いにジュエリー好きだった私たちは、日頃からデザインの案を話し合っていたのですが、それはこれまでのどの案よりも優れていました。

当時の流行は、大きな宝石を際立たせるデザインでした。あくまで宝石がメインで、金属の部分は目立たなかった。しかし彼女の案は、粗削りながら、むしろ金細工の技術によって自由に意匠をつくりだすという、発想を転換したアイデアだったのです。

それなのに、彼女は、その案を世間に発表するつもりはないと言いました。まだ自信もないし、もっといい案がある気がする、というのが彼女の主張でした。私は説得を試みましたが、彼女の意思は固かった。そこで、私はその案をもとにジュエリーをつくり、自分の作品としてコンペで発表することにしました。

なぜそんなことをしたのか――。何度もくり返し思い出しているけれど、自分でもよくわかりません。彼女は承諾し、あなたの名前で出してくれていい、と言いました。でも本心から同意していたのか。彼女の本音は、私には理解できませんでした。

その作品は審査員からじつにユニークだと絶賛され、私は大きな賞を獲りました。私の名前は一気に注目され、それまでつくり溜めていたデザインも評判になりました。ですから私にも、ある程度の才能はあったと言えるでしょう。しかし最後の一押しになったのは、自分ではなく彼女の力でした。

私はパリ市内にはじめて自分の工房兼店舗をひらき、どんどん事業を拡大しました。私が扱ったのは、琥珀(こはく)、マラカイト、オパールといった、そこまで高価ではない素材ばかりで、過去のどんなブランドにも似ていなかった。おかげで上流階級のみならず、広い階層や世代のファンから支持を集めました。

しかし忙しくなるにつれて、彼女との関係はうまくいかなくなりました。コンペで評価されたのは、私ではなく、彼女のアイデアだったという一点が、時間が経つにつれて、どんどん厄介な問題に膨らんでいったのです。

私は彼女に申し訳ないのを通り越し、うしろめたい感情を抱くようになり、彼女の方も私から距離を置くようになりました。彼女も私も、もともと自分の気持ちを積極的に話すタイプではなかったので、話し合いは何度も先延ばしになりました。当然、先延ばしするほどに、どんどん後戻りできない状況に追いこまれたわけです。

やっと目が覚めたのは、はじめてルーヴル美術館で自分のブランドのショーが行なわれたときです。

奇しくも、舞台になったのは、《サモトラケのニケ》が安置された「ダリュの階段」でした。そのショーに、彼女は現れませんでした。何度も二人で足を運んだ場所なのに、ようやく成功を手にした瞬間、彼女の姿がないことに愕然(がくぜん)としました。どんなに拍手が送られ、フラッシュが焚(た)かれても、私は全然嬉しくなかった。

ショーが終わり、すべて片づけられてから、私は夜中、一人で「ダリュの階段」に向かいました。閉館中であっても、私は別の理由で作業をさせてもらっていたので、館内に入る鍵も預かったまま、難なく忍びこめました。

ショーの準備用に使われていた梯子(はしご)を使って、私は《サモトラケのニケ》の上部にのぼって、あの指輪をそっと置きました。彼女に愛を告げるためにつくったのに、ずっと渡せず仕舞いだった指輪を、です。

いつまでも手元に置いていても、未練が残ってしまう。近くにあることが怖かった。だからセーヌ川に捨てるとか、他の方法も考えましたが、ニケに捧げたいと思ったのです。いわば供養みたいなものでした。

夜勤で巡回していた消防隊員が、たまたま近くを通りかかったようで、危うく私の姿を見られるところでしたが、うまく逃げおおせました。通報されたものの、作品を壊したわけでもないですし、指輪のこともバレませんでした。まさか二十年近く、誰にも気がつかれないとは予想もしませんでしたがね——。

「うまく隠しましたね」

スギモトが冗談めかすと、ジョルジュは笑った。

「でも、隠すのには成功したけれど、忘れることはできませんでした」

ジョルジュはそう言って、歩みを止めた。

展示室や通路を歩きながら話をしてくれたので、いつのまにかスギモトと晴香は、イタリア・ルネサンスの彫像群が並ぶ、地上階の大広間にいざなわれていた。そこにはミケランジェロの《瀕死の奴隷》と《抵抗する奴隷》の二体が、神々が浮き彫りにされたアーチ状の門の前で、ドラマチックな照明を浴びていた。

ヘレニズムから多大な影響を受けたとされるミケランジェロの生み出した肉体は、理想と現実が混在する。近くで見ると、骨や筋肉、血管まで表されており、生身の人間がそこにいるような迫真性がある。それなのに、身もだえする《瀕死の奴隷》は、その題名にもかかわらず、眠るような安らかな表情を浮かべていた。

手に持っていた帽子をかぶり直した彼に、スギモトは訊ねる。

「ブランドの名前に『翼』と名付けたのも、彼女のことを意識したのでは？」

「……どうでしょうね」

ジョルジュはしみじみと呟いてから、二体の奴隷を見つめる。

「約束通り、お返しします」

スギモトが差しだした例の指輪は、いつのまにか、スギモトの手によって磨かれ、輝きを取り戻していた。ジョルジュは自らがデザインした指輪にもかかわらず、驚いたように目を瞠ったあと、大切そうに手のひらに乗せた。

照明の下で光り輝いている指輪は、さまざまな意味を帯びていた。成功したジュエリー・デザイナーが昔につくった価値ある芸術品であり、結局誰にも贈られることなく、自分で持っておくことも怖くてできなかった後悔の証でもある。

本来贈られるべきだった女性は、どこにいるのだろう。これが見つかったことをきっかけに、二人は和解できるのだろうか。去っていくジョルジュの背中を見つめながら、晴香は女性のことを思った。

「再会できるといいですね」

「そうだな」

「でも……今の話は、聞きようによっては、別の意味を帯びてきませんか」

「どういうこと？」と、スギモトは訊き返した。

「だってジョルジュさんがブランドを成功させられたのも、その女性と付き合っていて、たくさんのアイデアを見ていたからこそかもしれない。今の話は、単にジョルジュさんの視点から聞いただけです。女性の側からすれば、利用されたと絶望し、憎しみさえ抱いている可能性もあります」

「……なるほど」

「人は誰かを好きになると、相手の夢が叶うことが、自分の夢になってしまう。だから厄介にも、利用しようと思っていなくても、相手に甘えて気がつかないうちに、相手を裏切っていることもあります」

気がつくと、スギモトがこちらをじっと見つめていた。晴香はなにか言われる前に、「私は作業に戻ります」と言って、もと来た方向へと歩きはじめた。

✝

コンコンとドアが叩かれる音がして、重厚な机に向かっていた女性は、書類から顔を上げた。目を通さなければならない書類が、目の前のトレイに、何センチという分厚さで重ねられている。出張がつづいて、この館長室に戻ってきたのは二週間ぶりだった。

そのあいだに、北欧から南米まで、片手では数えきれない国を飛び回っていた。同時進行で進めている芸術祭やシンポジウムなどの準備の他、あいまをぬって要人に会うためである。

久しぶりに美術館に戻ったこの日、会議に会議がつづいて、あっというまに日は沈み、やっと書類仕事に向き合えた頃には、窓の外から見えるガラスのピラミッド前の広場を歩く人も、ほとんどいなくなっていた。

「館長、失礼します」

ドアの脇に立った秘書から言われ、顔を上げずに「どうぞ」と答える。

「マルタン氏がいらしてます」

「対応します。あと、コーヒーをいただける？」

「承知いたしました」

秘書が去ってから、背中を倒して椅子に体重を預けた。

ルーヴル美術館で館長職を務めている彼女――名をルイーズという――は、最近手放せなくなった老眼鏡をテーブルに置いて、眉間をマッサージした。ドアから現れたのは、ルーヴル美術館で長年、修復を担当しているマルタンだった。

ルイーズとは同年代でありながら、彼の方がずいぶんと年上に思える見た目である。あまりフランス人っぽくない――それが、ルイーズの彼に対する第一印象であり、それは今も変わっていない。勤勉で、融通が利かず、規則を重んじる。といっても、決して悪い意味ではない。

「お忙しいところ、恐れ入ります」

「いいえ。ニケの修復は順調？」

「滞りなく進んでいますが、今日はその件でお話がありまして」

マルタンの手には、数枚つづりになった書類が握られていた。その書類は、以前、館長からマルタンに手渡したものだ。

叩きあげのキュレーターからルーヴル美術館を管理職として支え、人事部から思いがけず館長に抜擢されたとき、はじめにルイーズが断行したのは、信頼できるスタッフをまわりに集めることだった。

マルタンを修復部門の課長職に就かせたのも、彼女による采配だ。というのも、以前からルーヴル美術館には修復部門が存在するものの、実質、外部の組織に業務委託しているようなものだったからだ。まずは、従来の方法を改革し、マルタンを館の職員に正式に任命することにした。

就任以来、マルタンはじつに忠実に働いてくれた。優先させてほしい作品があれば、文句を言わずに従ってくれたし、どんなにスケジュールが立て込んで無理難題の作業になっても丁寧に対応してくれた。それはマルタン自身の実力の証明でもあった。

そんなマルタンに、チームに加えてほしい人物がいる、と指示をしたのは、つい一ヵ月前のことである。

マルタンから返された書類は、ある男の履歴書（CV）だった。ケント・スギモト。ＣＶには、大英博物館で数々のプロジェクトを成功させ、フリーの修復士となってからも名だたるコレクションの作品を手掛けている、という充実した経歴が記されていた。発表論文も優れている。

どこか人を食ったような、爽やかな笑みをかすかに浮かべるポートレイトを眺めながら、ルイーズは訊ねる。

「どうだった？　彼の仕事ぶりは」

「率直に申しあげますと、私は彼を……ケント・スギモトをうちのチームに招き入れることには、賛同しかねます」

「あら、そんなに使えなかった？」

眉を上げて訊ねると、マルタンは苦虫を嚙みつぶしたように目を逸らす。

「いえ……使えない、というのではなく……」

「じゃあ、いいじゃない」

ほほ笑んで、返されたCVを引き出しにしまう。

「ですが、ケント・スギモトだけでなく、相棒のアジア人女性をも、同時にチームに加えるというのは、あまりにも突然で、内部からも疑問の声が上がっています」

「疑問の声？　たとえば？」

マルタンは答えなかった。ルイーズはため息を吐く。

「仕方ないわね。パートナーの方は、いったん外れてもらって、様子を見ましょう。スギモトがどうしても二人一組でないといけない、と頑なにゆずらなかったから、こちらも承諾した経緯があったの。もしかすると、スギモトの気が変わるかもしれない」

ルイーズが譲歩すると、マルタンはホッとしたように表情をゆるめた。

「ありがとうございます」

「でもね、マルタン。あなたには、あくまでスギモトの修復士としての資質を判断してほしいの。真面目でいることが、人の美徳のすべてではない。公平な目で、彼を判断してほしいと思っているわ」

サインをしていた契約書に、ふたたび目を通そうとするが、マルタンはその場から動かない。

「館長……不躾(ぶしつけ)な質問だとはわかっていますが、そこまであの英国人を引き入れようとするのには、なにか理由が？」

ルイーズはペンを置いて、手を机の上で組んだあと、笑顔を向けた。

しかしその笑顔は、それまでとは違い、相手をねじ伏せるときに使うものだった。

「ルーヴル美術館は伝統に支えられた由緒正しい施設よ。しかし、どんなに伝統を重んじる宮殿でも、つねに風通しをよくしておかなければ、内側に悪い空気がこもって、カビにむしばまれてしまう。国籍にこだわらず、優秀な人材を招き入れるのは、他ならぬ館のためなのよ」

強く言い切ると、マルタンは「出過ぎたことを言って、申し訳ありませんでした」と頭を下げて、館長室を出ていった。

ルイーズはため息を吐く。館長というのは、つくづく面倒な仕事だ。

ふと、引き出しのなかにしまったCVを出して、添付されていた写真をまじまじと眺める。

出会った頃に比べれば、貫禄を帯びて大人の男性になったものだ。けれどもやはり、あの男には似ていない。この修復士と同じ英国人であり、美術と関わる重要な仕事をしていながら、本当のところで、美術にさっぱり興味のないあの男には――。

「従兄弟(いとこ)同士のくせに」

呟いた独り言は、静まり返った館長室でやけに耳に響いた。

第二章

芸術家たちのカフェ

「君には、先にロンドンに帰ってもらうことになるかもしれない」

スギモトから部屋に呼びだされ、そう切りだされたのは、日曜日の朝のことだった。明日から、ふたたびルーヴル美術館での一週間がはじまると思っていた晴香は、アパルトマン中に鳴り響きそうな勢いで「どうしてですか」と訊き返した。

「じつは、先日の《サモトラケのニケ》の修復チームから、不服申し立てがあったそうなんだよ。俺はともかくとして、もう一人出入りさせるのはどうしたものかって。当然、抗議をしておいたが、どうなるものやら——」

「そんな！　しばらくパリで生活する準備もはじめているのに」

気難しそうな修復部門のトップ、マルタンの顔が浮かんだ。彼とはこれまで、きちんと話をしていなかった。晴香から話しかけても素っ気なく返されるか、話しかけるなという空気を漂わせていたからだ。

「スギモトさんは、どうなるんです？」

「俺はもう少し、ルーヴル美術館に残ってほしいと言われた」

「誰からです？」

「館長だよ」

「ルーヴル美術館の？」と、晴香は驚いて訊き返す。

「ああ。じかに説得を試みたが、ルーヴルは一筋縄じゃいかないね」

「ひょっとして、館長と知り合いなんですか」

「そうだけど？」

大英博物館でシニア・コンサバターまで務めていたスギモトは、とにかく業界に顔が広いが、まさかルーヴル美術館の館長ともつながっていたとは。

「まぁ、どうなるかわからない方が、やる気にもなるだろう？　恋愛と同じさ。先が見えない方が燃える。こういうのは駆け引きが肝心だから」

「はぁ」

スギモトの軽い物言いに、晴香の不満はつのるばかりだった。こちらは不安のなかパリまで来たのに、「帰ってもらうかも」だなんて無責任すぎる。晴香は表にこそ出さずとも、この人に恋愛感情など持ってたまるかと、どんどん冷めていくのがわかった。

そんな晴香の心のうちをよそに、スギモトは「腹が減ったな。なにか食べにいこう」と、コートを手にとってドアを開けた。

晴香やスギモトが滞在するモンパルナスのアパルトマンから、目と鼻の先に一軒のカフェがあった。晴香はパリに来てまだ一ヵ月も経っていないが、朝や休日に何度か足を運んでいる。老舗カフェのようだが、観光地化された超有名カフェというわけでもなく、地元に住んでいる常連客が多いようだ。

通りにはみだすように並ぶテラス席は、真冬でも人気で、ストーブで暖をとりながらコーヒーを楽しむ人がいた。テント式の屋根は、雨が降っても大丈夫なように、広く前方に張りだしている。せっかく空席があるのに、スギモトは迷わず店内の、四人掛けのテーブル席に向かった。

「テラス席にしないんですか？」

晴香の何気ない問いに、スギモトは顔をしかめた。

「こんなに寒いのに？」

「だって今日は晴れてるし、ストーブもあるから案外、快適ですよ」

スギモトは咳き払いして、指折り数えながら、よどみなく反論をはじめる。

「テラス席なんてのは、いいことはなにひとつないと思わないか？　第一に寒い。第二に雨が降ったら困る。第三に、大通りに面しているから、清々しさとは程遠い。排ガスが好きなら、ともかくだが。第四に、店員が滅多に来てくれない。急用を思い出してすぐに会計しようと思っても、下手すれば何十分と待たされる。たとえ急かしても、あんたがテラス席に座ったのが悪いんでしょうって顔をされるだけだ。一体どこがいい？」

まるでテラス席に根深い恨みでもあるような物言いだった。

「そこまで否定しなくても」

「カフェっていうのはな、カフェ店内の雰囲気を楽しむために来るんだ」

「わかりました。テラス席に座るのは、一人で来たときだけにします」

晴香は受け流して、テーブル席につく。すぐにエプロンをつけた店員が注文をとりにやってきたので、コーヒーをふたつ注文した。顔を憶えてくれているらしく、にこりと笑って去っていった。

晴香は改めて、店内を見回す。四人掛けのテーブル席が十ほど二列に並んでおり、入口の正面にカウンターがある。カウンターの奥には、色とりどりの酒のボトルや、磨かれた大小のグラス、メニュー表やコーヒーメーカーの機械があって、ビールのサーバーも設置されている。店員はせわしなく飲みものを準備しながら、接客もしている。カウンターで立ち飲みをして、店員と短く言葉を交わしたら去っていく人もいた。

「こういうカフェって、素敵ですよね。独自の文化がありそうで」

晴香は店内を観察しながら、しみじみと呟く。

「パリのカフェは、ただお茶をするだけの場所じゃないからな」

「いつ頃からあるんです？」

「最初にできたカフェは、一六八六年、イタリア人によってひらかれたと言われる」

なんでも、コーヒーという未知の飲みものが提供されただけでなく、アイスクリームがはじめて売りだされ、人気を博したという。そうした店はやがて思想家が集い、フランス革命が議論される場になった。十九世紀になると、今度は印象派の画家がサロンをはじめ、さまざまな芸術運動の中心になっていった。

「まさに、近代の歴史はカフェからつくられたわけですね」

「とくに一九二〇年代のパリの、『狂乱の時代』、またの名を『黄金時代』の主な舞台となったのが、ここモンパルナスの数々のカフェだった。ピカソ、モディリアーニ、ダリといった芸術家から、ヘミングウェイに代表される文学者までが、カフェで議論をした。むしろ、カフェを訪れていた客をリストアップすれば、パリの美術館や本屋の書棚に並んでいる作家の名前はたいてい網羅できるだろうな」

そう考えると、「大物がカフェに集まった」と言うよりも、「カフェに集まったグループが次第に大物になっていった」と言った方が自然かもしれない。

店内を見回すと、客同士も顔見知りであるらしく、目配せや帽子による挨拶を交わしているのがわかる。

「このカフェも、大物の芸術家が通っていたんでしょうか？」

「そうかもしれないな。調べてみると、面白いことがわかるんじゃないかな」

そう答えると、スギモトは思わせぶりに呟く。「なんせ、ここはマルタンからもおすすめされた店だからな」

「あのマルタンから？　大丈夫でしょうか」

「彼も悪い人じゃない。ただ、俺の才能を認めるのが癪なんだ」

「自信たっぷりですね」

「天才は争わないだけさ」

ため息を吐きながら、ふと、ここに来た当初から抱いている疑問が頭をよぎった。スギモトがルーヴル美術館に出入りしている本当の理由――。《サモトラケのニケ》の修復プロジェクトは順調に進んでいるが、スギモトの真の目的は別にあるようだ。

「ところで、スギモトさん、いつまでパリにいるつもりなんです？　もしかして、パリに拠点を移すことにした、とかじゃないですよね？」

「そう思うか？」

「いいえ、全然。スギモトさんは生粋のロンドンっ子だから」

「よくわかってるじゃないか」

「じゃあ、なぜ？」

「館長から頼まれているんだよ。とはいえ、俺もまだ本題を教えてもらっていない。おそらく改めて俺の実力を測ってるんだろう。本当にその依頼をするに値する人材かどうか」

「待ってください。まず、館長との関係って？　知り合いだって言ってましたけど、どういう関係なんです？」

晴香は混乱しながら、苛立ちもあいまって、まくしたてた。

「一度に何個訊くんだ？　まず、ルーヴルの館長とは、単純に友人なんだよ。大英博物館で修復士をはじめた頃からのね」

「でもルーヴルの館長だなんて、すごく年上なんじゃ？」

「いいや。館長のルイーズは、まだ四十代半ばの女性だよ。フランスでは、日本では考えられないほど若い人が組織のトップになるからね。たとえば、エマニュエル・マクロンは三十九歳という若さで大統領になった」

「そう言われれば」

「君も正式に、ルーヴル美術館に出入りする許可が下りれば、近々、館長に直接会えると思うよ」

「なんとか残りたくなってきました。で、どんな方なんです？」

「やり手だよ。数々の美術館でキュレーターを務めて、伝説的な展覧会をいくつも成功させてきた超優秀な人材だ。まさかルーヴルの館長にまで上りつめるとは思っていなかったけれど、彼女なら不思議じゃない」

「話を聞くだけでもすごいですね」

「でも気をつけろよ。彼女は……」

そこまで言うと、スギモトは口元に手をやった。

「彼女は？」

「いや、今はやめておこう」

わざとらしく隠すので、晴香は不審に思う。

しかしタイミングよく、店員がコーヒーを運んできてくれたので、ルーヴル美術館館長についての話題は、そこで終わってしまった。とりあえず砂糖を入れようと、テーブルに置かれていたポットを手にとる。

ふと、白い陶器のポットに刻印されたNの印が目に入った。砂糖だと思ったが、Nってなんだろう。フランス語で砂糖って、Nからはじまるんだっけ？　違和感を抱きつつ、蓋を開けると白くて粗い粉が入っており、晴香はスプーンでひとさじすくった。

そのとき、スギモトがふと店内の壁を見つめながら、呟いた。

「この店は、まるでチェスの盤上だな」

「えっ？　チェス？」

「ほら、まず、床は白黒の格子模様だろ？　それに、各テーブル席にある砂糖の器に注目してみると、すべて駒の名前が表されている。端から、ルークのR、ナイトのN、ビショップのB、キングのK、クイーンのQ。そしてひとつとなりの列は、すべて無地、つまりポーンの意味になる。戦いがはじまる前のチェス盤の配置と同じだ」

晴香は驚いて、他のテーブルを見回すと、たしかにその通りだった。

「さすが、チェス好きだけありますね」

ロンドンのフラットでもよく一人でさしているところを見かけた。チェスに限らず、将棋やトランプについてもよく話題にするので、ゲーム全般が好きなのだろう。感心している晴香を見ながら、スギモトは壁に掛けられた額縁を顎でしゃくった。

「あれも、そうだよ」

額縁には、一枚の手書きのメモがおさめられていた。そこには1から順番に数字が上から下へと並び、その横に不思議な英数字と記号の組み合わせが二列、びっしりと埋めつくされている。とはいえ、走り書きに近い筆記体なので、ほとんどが読めない。

「なんです？　私には、暗号かなにかに見えますが」

「棋譜だよ。チェススコアと呼ばれる」

なんでも、チェス盤のマスには縦横それぞれ、その場所を示す番号とアルファベットが決められており、それを使えば、駒をどのように動かしたのか、試合の流れを記録できるのだという。

「ここの店主は相当なチェス好きのようだな」

スギモトが言うと、背後から、男性の声がした。

「こんにちは」

ふり返ると、テーブル席の脇に立っていたのは、六十代くらいの男性だった。口ヒゲをたくわえ、仕立てのよさそうなジャケットを羽織っている。男性はフランス語ではなく、英語でこうつづける。

「不躾ながら、お二人の会話が聞こえてきましたので、声をかけさせていただきました。ムッシュー、よくお気づきになられましたね」

「そうでしょうか？　私には、ヒントが多すぎるくらいに感じましたが」

スギモトが不敵な笑みを浮かべると、男性もにこりと笑った。

「失礼ですが、お二人はロンドンからお越しになった修復士のようですね」

晴香は思わず、スギモトの方を見た。ずいぶん前から、盗み聞きされていたらしい。

「大切な客の情報を盗み聞きするとは、オーナーとして問題があるのでは？」

オーナー？　スギモトが当然のように言ったので、晴香はさらに驚かされる。

「おっ、お気づきだったんですか？」

さすがの男性も、しどろもどろになっている。

「ええ。視線の運び方にしても、店員とのやりとりにしても、ただの客には見えませんでしたからね。そこで、きっと店の関係者なのだろうと思っていました。年齢や装い、そして優雅にお茶を飲んでいる時点で、オーナーかなにかかと」

「さすが、鋭い観察眼をお持ちでいらっしゃる」

彼は面白そうに笑ったあと、フランス訛りの英語でつづける。

「数年前から、私はカフェの経営に専念をしておりまして、接客はすべてスタッフに任せております。しかし時折、店のサービス向上のためにも、こうしてひっそりと店でコーヒーを飲むのが日課になっているのです」

「楽しい日課ですね」

「申し遅れましたが、私はカルロといいます」

「ケント・スギモトです。こちらはパートナーの晴香」

男性は丁寧にお辞儀をしたあと、となりのテーブル席から椅子をひとつ引き寄せた。

「お二人に折り入って、ご相談がございます。こちらにご一緒しても？」

「どうぞ」

「私はちょっとした遊び心から、こういった仕掛けを店内に隠しておりましたが、なかなか気がつく人はいませんでした。うちはカフェであって、チェス好きが集まる場ではありませんからね。私自身も、このカフェの経営者になって三十年経ちますが、はじめは店内にチェスの要素がちりばめられていることに気がつきませんでした」

「では、あなたのご趣味ではないのですね？」

スギモトが眉を上げて訊ねると、カルロは肯いた。

「この店は、私の一族が代々経営してきた古い店なのです。私の前は、母の義兄が店主をしていました。その前は祖父の弟です。一族のなかで、カフェ経営に関心のある者が引き継いできたわけです」

「創業は？」と、スギモトが訊ねる。

「一九二〇年代です。あそこに、女性の肖像画があるでしょう？」

カルロが指をさした先には、二階へとつづく階段があって、踊り場の壁に一枚の肖像画が掛けられていた。とりたてて特徴のない、どこにでもありそうな様式と色使いだった。ただ描かれている女性は、四十代くらいの美しい佇(たたず)まいである。黒いドレスを着て、知的にほほ笑んでいる。

「今から約百年前に、このカフェをひらいた女性です。私の曽祖母に当たります。英語の表現は正しいですか？　ええ……曽祖母は芸術家を応援するのが好きだったそうです。記録によると、店に集まる芸術家たちから絵を贈られたり、その代わりに支払いを待ったり、ときにはお金を貸すこともあったそうです。当時は、女性が独立した事業をするのは珍しい時代でしたから、敏腕経営者でもあったのでしょう」

「なるほど。チェスの趣味は、ひいおばあさまのものでしたか」

スギモトがさらりと口にすると、カルロは降参だというように肩をすくめた。

「その通りです。彼女はチェスの名手で、客ともよくチェスをしていたという逸話が残っています。あちらに飾られた絵も、客の一人から贈られたのではないかと、私どもはずっと考えておりました」

カルロはもう一点、店に展示されていた別の絵を指した。

それは、奇妙な絵だった。主に灰色と黒といったモノクロの、暗い色調だった。直線や曲線といった幾何学的な構成の、抽象絵画と言える。困惑しながらも、晴香はその絵になぜか既視感を抱いた。

「なるほど、あの絵もまた、チェスをテーマにしていますからね」

「言われてみれば」と、晴香は唸（うな）った。

たしかに格子模様からは盤上を、塔や馬のデザインからはルークやナイトといった駒を、どこか連想できなくもない。一方で、それらの要素は溶けあって、なにを描いているのか判然としない。チェスに馴染みのない晴香には、スギモトの指摘がなければ、チェスの絵だとは気がつけなかった。

カルロは呼吸を整えて、スギモトに向き直った。

「ムッシュー・スギモトとハルカさん。私からの依頼というのは、他でもない、あちらに飾られたチェスの絵画のことです。修復士であるあなた方に、あの絵の鑑定とケアをしていただけないでしょうか？　あのチェスの絵画は、誰がどのような経緯で描き、なぜ私どもの店にあるのかを、調べていただきたいのです」

さすがのスギモトにとっても意外な提案だったらしく、こちらを一瞥した。目を見合わせたあと、スギモトは首を傾げながらカルロに訊ねる。

「しかし偶然に店にやってきた、こんな素性の知れない外国人に、大切な絵を任せてもいいのですか？」

カルロは真剣な表情になって、両手を机の上で組んだ。

「たしかに急な依頼で、戸惑われるかもしれません。でもあなたは少なくとも、この店に隠されたチェスという要素に気がついた。私はつねづね、アートというのは謎解き、修復は昔に隠されたヒントから真相を導きだすものではないか、と憧れておりました。だから、あなたのような方にこそ、この作品を託したくなったのです。偶然に出会ったからこそ、なにかの縁だと思っています」

考えこむように黙っているスギモトに、カルロは壁に掛けられたチェスの絵に視線を投げて、こうつづける。

「私がこの店の経営者になった当時から、あの絵はこの店にありました。ずっとあったものですから、図書館で資料をひも解いたり、美術館関係の知り合いに訊ねたりと、方々で調べてもみましたが、私は美術には門外漢。コーヒー豆の種類には詳しくても、百年前のパリで生きた芸術家のことは、どうしてもわかりません。わからないからこそ、そこにロマンを見出してしまいます」

「なるほど」

相槌を打っているスギモトの目が、満更でもない光を帯びていく。

カルロはそれに気がつかない様子で、こうつづける。

「あの絵の謎は、今日明日知らなくても不自由はしないですから、忙しさにかまけて、解明を先延ばしにしてきました。しかしプロである、あなた方お二人の会話を聞いていて、ピンときたのです。今こそ、あのチェスの絵に隠された真実を、専門家に解いてもらうときが来たのだ、とね」

カルロはスギモトのことを見つめながら言い、頭を下げた。

「わかりました」

「引き受けていただけるのですね？」

「ええ。ただし、今回はこちらの晴香が、実作業をします」

えっ、と思わず口に出しそうになるのをこらえて、晴香はスギモトの方を見た。スギモトは構わず、カルロにこうつづける。

「あいにく、私は当面、パリで別の仕事にかかりきりです。今日はたまたま休みで、このカフェに来ていますが、明日からまた従来の仕事に戻らなければなりません。彼女も私と同様にキャリアを積んだ修復のエキスパートですので、きっとなにかしらのヒントを見つけるでしょう」

「わかりました。よろしくお願いします」

「こちらこそ」

晴香は頭を下げたあと、ふと視線の先にあった一枚の古い絵のことが気になった。このカフェをつくったという、女店主の肖像。さきほど説明を受けてから、なぜか目が離せなくなっていた。

「あの、ひとつご提案があります」

「なんでしょう？」

「あちらの肖像画も、合わせて修復してもいいですか？」

カルロはふり返って、「ほう？」と眉を上げた。

スギモトも驚いている様子だ。しかし晴香は、あの絵を修復しなくてはならないような、奇妙な衝動をおぼえていた。

「せっかくの機会ですので、このお店で大切にされてきた絵なら、一緒にケアさせていただきます。小さな作品ですし、私からの提案なので費用はいただきません。チェスの絵のついでということで、修復させていただきます」

カルロはまじまじと見つめると、「そういうことなら、私としてもありがたいです。きっと描かれた本人も喜ぶでしょう。よろしくお願いします」と頭を下げた。晴香は絵を見つめながら「お任せください」と答えた。

＊

それから晴香は、店員が梱包してくれたチェスの絵と、さらに女店主の肖像画を、アパルトマンに持ち帰った。スギモトの部屋を訪ねると、地元の修復士から間借りしている場所だけあって、晴香が泊まっているワンルームよりも三倍くらい大きく部屋も複数あり、十分に修復の作業もできることがわかった。

晴香はまず、メインの依頼であるチェスの絵を、作業台に横たえてから、基本的な情報を整理した。油絵で描かれ、大きさは縦三十三、横四十一センチの横長。比較的新しそうな額縁は、最近交換されたものらしい。額を取りはらって、裏面をじっくりと確認する。布地もまた古そうだが、サインや制作年の類は見当たらない。

「キュビズムっぽい絵ですね。ピカソみたい」

そう呟くと、スギモトはあっさりと答える。

「というか、これはピカソだ」

「やっぱり？　類似の作品がありますよね！」

「間違いない。これは一九一一年にピカソが描いた《チェス》という作品に非常によく似ている。いや、ほぼ同じだと言ってもいい。ピカソの《チェス》はメトロポリタン美術館に所蔵されていて、サイズもこの絵と大差ない」

ネット検索すると、スギモトの指摘通りだった。だから既視感があったのだ。色合いや線の配置などに若干の違いがあるにせよ、このチェスの絵がピカソの《チェス》と関連があることには間違いなさそうだった。

「でもこれは……ピカソが描いたとは考えにくいですね」

「同感だ」

スギモトは腕組みをして、絵をまじまじと眺めた。

「メトロポリタン美術館の所蔵品に似ているからといって、これをピカソの筆だとするのは早急すぎる。たしかにピカソは同じような作品の習作をいくつもつくっていたし、《チェス》によく似た作品を複数、描いていてもおかしくない。でも仮にそうだとしたら、なぜカフェの壁にひっそりと掛けられていたのか」

「偽物の可能性もある、か」

晴香も絵を食い入るように見つめながら言うと、スギモトは肯いた。

「騙そうという意図がなくとも、はじめからピカソの《チェス》を模した複製品として売られていた商品かもしれない。それを、チェス好きの女店主が購入したとか。ただ、ぱっと見た限りでは、判断するのは難しい。ピカソじゃないにしても、よほど腕の立つ職人が描いたように見える」

「ピカソ専門の修復士に意見を訊いてみたいところですね」

「ただ、俺は別のことを気にしている」

「別のことって？」

スギモトの方を見ると、肩をすくめながら鼻の辺りを触っている。

「だって考えてみろ。あのカルロっていう店主も、ある程度は調べたと言っていた。少し情報を手に入れれば、この絵がキュビズムっぽいことは素人にもわかるはずだ。だったら、今のご時世、『キュビズム　チェス』で検索すれば、ピカソの《チェス》に辿りつかないわけがない」

「じゃあ、あの店主は、なにか隠しているんでしょうか」と訊ねてから、晴香は少し考えこむ。「たとえば、前情報なしに、調べてほしかったのかもしれません。ピカソの真筆か、複製かどうか、フラットな目で鑑定することを望んだ」

「かもしれないし、別の理由かもしれない」

「なにか企んでいそうですね」

「まぁ、これは君の仕事だから、君に任せるよ」

あなたが私に託したんじゃないですか、という一言を飲みこんで、晴香は改めてスマホの画面にうつっているピカソの《チェス》を眺めた。検索すると、一九一一年ということはピカソが三十歳のときの作品である。

その頃、ピカソは四年前に《アヴィニョンの娘たち》を発表したことで、パリでの名声を高め、モンパルナスのカフェにも出入りをしていた。ルーヴル美術館から《モナリザ》を盗んだ容疑で投獄されたのも、ちょうど同じ時期だった。また、それはピカソらが実践していたキュビズムが、世に広く知られることになった時期とも重なる。つまり、ピカソの《チェス》は、人生の重要な局面で描かれていた。もし本当にピカソが描いた一点なら、すごい発見になるだろう。

そのとき、もう一枚の絵に描かれた、女店主と目が合う。

「どうしてこの絵も引き受けたんだ？」

スギモトに問われ、晴香は肩をすくめる。

「自分でもよくわからないんですが、なんか気になったんですよね」

「ほう。不思議なことがあるもんだな」

とはいえ、本筋はチェスの絵である。晴香はいったん女店主の肖像画を脇に置いて、そちらの作業に集中した。

気がつくと、眠っていたらしい。

目をこすりながら、まわりを見回すと、滞在しているアパルトマンのソファだった。

その日は、スギモトの部屋の設備を借りて、日が暮れるまでチェスの絵の撮影や修復の実作業に入るまでの準備をしていた。ピカソやキュビズムについての年表を整理したり、彼らの作品を扱った過去の修復の事例について、修復専門のデータベースにアクセスしたりして情報を集めていた。

腹の虫が鳴って、夕食をとっていないことに思い当たる。スマホを確認すると、夜十時を過ぎていた。この時間に調子にのって食べすぎると太っちゃうんだよな——という理性の声が聞こえるが、空腹に耐えかねた晴香は、なにか食べるものを求めて、財布片手に街にくりだすことにした。

しかし大通りではほとんどの店がシャッターを閉めている。どうしよう。このままでは空腹で倒れてしまいそうだ。

困っていると一軒だけ、煌々と明かりが灯っている店に気がつく。それはまさに例のチェスの絵を依頼されたカフェだった。食欲をそそられる料理の香りも、夜風にのって漂ってくる。夜は軽食のとれるレストランとして営業しているものの、九時には閉店していることが多かったが、今日は例外なのだろうか。

晴香はいざなわれるように、カフェの扉に手をかけた。

そのとき、内側から勢いよく扉が開いた。

「おっと！　驚いた、お嬢さん」

現れた男は、なぜか英語でそう言うと、こちらにほほ笑みかけてきた。四十代半ばか、もっと若くも見える。目がくりっとして可愛らしく、髪を七三分けにして、古風な厚手のコートを身につけている。酒を飲んでいるのか頬は赤く染まっているが、足取りはしっかりしていた。その顔に、晴香ははっきりと見覚えがあった。そう、パブロ・ピカソに瓜二（うりふた）つだ。今日は何度もその写真を見ていたので、スペイン系の男性をそう感じるのだろうか。

動揺する晴香に、男は訊ねる。

「お嬢さんは日本人？」

「はい」

「パリには長く滞在しているの？」

「そうですね、すぐ近くに泊まっています」

「最近、カフェで別の日本人の男と仲良くなったな。丸眼鏡をかけて、内気ながらいい絵を描く男で……名前はなんといったっけ？」

ピカソ似の男は、うしろに立っていた取り巻きの連中たちに訊ねる。このピカソ似の男はかなりの人気者らしく、十人ほどの男女を引き連れていた。いずれも芸術家然とした個性的なファッションに身を包んでいる。ただし、いずれも映画やドラマで見るような、毛皮やベレー帽といった一昔前のアイテムだった。

「そうだ、フジタだ！」

「え、フジタ……藤田嗣治？」

「そんな名前だったかな。また彼に会ったら、君のことを伝えておくよ」

「待ってください」と、晴香は慌てて引きとめる。「あなたの名前は？　あなたもこのカフェによく来るんですか？」

「今日がはじめてだよ。いい店だけれど、もう来ることはないだろうな」

「なぜです？」

「あの男がいるから」

視線を追いかけると、店の奥の方のテーブルに座って、一人黙々とチェスをさしている男性の姿があった。三十代後半くらいで、コーヒーカップをテーブルに置いて、姿勢正しくチェス盤に向かっている。誰なのだろう。しかし訊ねるよりも先に、ピカソ似の男はあっという間に店をあとにする。

「待ってください、あなたに訊きたいことが――」

慌てて声をかけようとするが、ピカソ似の男につづいて、取り巻きの連中がぞろぞろと出ていくので、怯んでしまう。彼らがいなくなった店内は、急に空っぽになったように静まり返った。

見回すと、そこはたしかに何度も訪れたことのある、例のカフェだった。カウンターや窓の位置はまったく変わらないし、内装の雰囲気もよく似ている。けれど、なにかが違うように感じた。ここはいったいどこなのだろう。いや、ここはいつなのだろう。もしさっきの男が、本当にピカソなのだとしたら——。

ふと、店の奥でチェスをさしていた男が顔を上げて、こちらを見た。面長で髪をオールバックにして、葉巻をくゆらせている。知的さを感じさせるのは、身につけているスーツのせいか、それとも彼の目つきのせいか。

「いらっしゃい。注文は？」

女性の声がしたので、カウンターの方を見ると、いつのまにかエプロン姿の店員が一人立っていた。四十代前半くらいに見えるその女性にも、晴香は見覚えがあった。美しくて魅力的なブロンドのその女性は、まさしくこの店の踊り場に飾られていて、晴香が修復することにした肖像画の女店主にそっくりだった。

——今から約百年前に、このカフェをひらいた女性です。

咄嗟に踊り場の方を見るが、例の肖像画はなかった。それだけでなくチェスの絵も、チェスにちなんだ内装もなされていない。間取りは変わらないのに、設備なども若干の違いがあった。なんというか、全体的に古いのだ。機械や家具もアンティークに見える。ただし、デザインが古いだけで、どれも真新しく汚れてはおらず、奇妙な感じがした。

まさか、ここは昔のパリだったりして――。

ピカソがあんなに若いということは、一九二〇年代くらいだろうか。いや、なぜ私はそんな昔の時代に来てしまったのだ、夢を見ているのか。

「注文は？」

晴香は混乱しつつも、カウンターの前に歩み寄る。

「えっと……コーヒーをお願いします」

コーヒーマシーンなどはなく、豆挽き（まめひ）からドリップする工程まですべて手で行なわれるのを見つめながら、晴香はふと、コーヒーマシーンが発明されたのはいつなのだろうと考える。

インスタントコーヒーが第一次世界大戦のときに戦地で心身ともに疲れきった兵士に愛された、という話は聞いたことがあるけれど。

「あの、お訊ねしてもいいでしょうか？」

「どうぞ」と、女店主は笑顔で答える。

「今は何年ですか？」

「おかしなことを訊くお嬢さんね。今は一九二五年よ」

「一九二五年！」

晴香は確信した。自分は今、昔のパリのカフェにタイムスリップする夢を見ている。けれども、いつもと違い、夢だと自覚したというのに、いっこうに目が覚める気配がない。だったらやはり、これも現実なのだろうか。でもなぜ私は百年前のパリにいるのだろう。どうにでもなれ、という気持ちで晴香は訊ねる。

「さっきまで店に来ていた方は、どなたです？」

「パブロのことかしら？　高名な画家なのよ。もしあなたも芸術を志しているなら、声をかけてみるといいんじゃないかしら」

衝撃を受けながらも、だんだんと楽しくなってきて、もうひとつ質問をしてみる。

「あそこに座ってチェスをさしている方とは、お知り合いですか？」

「ええ。彼も芸術家よ。ただし、もう絵は描かないと決めたんですって。作品もつくっていないと公表している」

「作品をつくらない芸術家？」

「そうよ。でも以前は違った。キュビズムっていうのかしら。チェスの試合やチェスプレーヤーの絵を描いて、人気を博していたの。私も見たことがあるわ。でも彼の絵は、あまりにも新しすぎたのよね。画家たちが主催する展覧会に出品しようとしたら、他の画家から拒否されちゃったの。そんなのは認められないって、猛反発を受けて。私も詳しい理由はわからないけど、芸術家集団にも、保守的な人っているのよね。それ以来、彼も絵を描くのを諦めたみたい」

「新しすぎた、ですか」

晴香はしみじみと呟き、一人でチェス盤に向かっている男を見つめた。

「以前ニューヨークでも作品を出展しようとしたら、前代未聞のスキャンダルになったらしいわ。なんせ、とんでもないものを送ったそうだから」

「とんでもないものって？」

訊き返すと、女店主はおかしそうに笑った。

「私の口からは言いたくないわね。その代わり、何年もずっと別のタイプの作品に取り組んでいたそうよ。写真を撮ったり、メモを残したりしていたけれど、全然完成しなかったんだって。完成させるつもりもなかったのかもしれない。気になるなら、話しかけてみれば？」

「お邪魔してもいいんでしょうか」

「あなたはチェス、できないの？」

晴香が首を左右に振ると、女店主は「それは残念ね」と言った。

チェス盤に向かっている男性は、バラ色に細い緑色のストライプ柄が入った奇抜なシャツを身につけて、その上から毛皮を羽織っていた。葉巻をくゆらせ、青白い顔で眉間にしわを寄せている。 難しい思考に耽っていそうだが、晴香が近づいていくと、顔も上げずにこう呟いた。

「君は、この世界の人間ではないね」

「えっ」

夢のなかとはいえ、未来からやってきたということを、いきなり指摘されて面食らう。それとも、こちらが見るからにアジア人だから、そう訊ねてきたのか。というか、目の前の彼は誰なのだ。歴史上知っている人物だろうか。

「僕は四次元に憧れているのだよ」

とうとつに言うと、男性は顔を上げて、白い煙を吐いた。

「四次元……つまり、三次元に〝時間〟の流れを足した世界、ですか」

晴香は答えながら、さきほど女店主から聞いたセリフが頭をよぎる。

――彼の絵は、あまりにも新しすぎたのよね。

キュビズムの試みでは、人や物がひとつの視点ではなく、さまざまな視点から描写されている。言い換えれば、三次元的に物事を捉えたと言えるだろう。しかし目の前の男性は、四次元に憧れているという。キュビズムの先の試みをしたということか。

「あなたは、四次元の世界を絵にされたのですか？　さっき女店主から、あなたの絵は受け入れられなかったと聞きましたが、そのせいなのでしょうか」

するとと男性は、口元に冷笑を浮かべて、ふたたびチェス盤を見つめる。

「言葉で説明するのは難しいね」

つかみどころのない返答に、晴香は戸惑いながら「教えてください」と質問を重ねる。不思議なことに、この男性を前にすると、もっと話を聞いてみたい、彼の答えを知りたいという気になるのだ。しかし男性はなにも答えず、チェスの駒をすっすっと途切れることなく動かしつづける。彼の脳内はチェスのことでいっぱいのようだ。晴香は彼の気を引きたくて、もう一度声をかける。

「信じてもらえないかもしれませんが、私は未来から来ました」

男性は驚かないが、「ほう」とはじめて関心を示した。

「どのくらい未来なのかな？」

「百年ほど先です」

「ふふっ、面白い子だね。君が知っている未来は、どんな風になっている？」

「たとえば」と晴香は戸惑いながらも、オブラートに包んでつづける。「コンピューターと呼ばれる機械が絵を描いたりします。最近、機械が描いた絵が賞を獲ったというニュースも耳にしました」

「機械が？　詳しく聞かせてもらえるかな」

「機械と表すのが正しいのかわかりませんが、人間が生みだしたプログラムが知能を持っているのです。人工知能というのですが、それに絵の情報を読みこませれば、勝手に新しい絵をつくりだしてくれて」

「それは興味深い」

彼はやっとチェスの駒から手を離して、顔の前で組んだ。

「それほど科学技術が進歩してしまえば、絵筆を持つような愚か者は、もう存在しないんじゃないのかね？」

「それが、いるんです。むしろ、たくさんの絵描きが、いまだに絵筆をとっています」

正直に答えると、男性は目を瞠った。

「信じられない。なぜ人工知能とやらまで発明されている世界で、いまだ人は絵を描きつづけているんだね？」

「私にもわかりません。でもきっと、人はつくることが好きなんだと思います。あなたはもう絵を描かないと聞きましたが、それはどうしてなんです？」

「絵というのは、〝網膜的〟だからだよ」

「〝網膜的〟？」

「印象派の出現以来、絵はただ目を、視覚を喜ばせるだけの、表面的なものにすぎなくなった。それだけがアートではない、と僕は考えている。頭で見るもの、脳で楽しむもの。そういったものこそが、真のアートになるだろうね」

どこかで聞いたことのある言葉だった。晴香は彼の正体を必死に思い出そうとするが、夢のなかにいるせいか、どうしても肝心な記憶がぼやけている。

「その点、チェスは描いていない時間を満たしてくれるからいい」

「四六時中チェスをなさっているんですか？」

「もちろん。フランス代表としてチェスの大会に出場する予定でね」

「すごい腕前なんですね」

男性はほほ笑むと、すっと席を立って、「どうぞ」と私に手のひらを差しだした。そこには先端が球体になったポーンの小さな駒があった。どうしてこれを？　しかし訊ねるよりも先に、彼はチェス盤を見つめながら、こう言う。

「引き分けほど、美しいものはない」

今、このチェス盤では、黒と白の駒が互いに引き分けているのだろうか。なんとも謎めいた言葉を残して、男性は店から出ていった。

晴香は気がつくと、アパルトマンのソファに横になっていた。見慣れた天井と部屋を見回すと、時計の針は八時を指していた。起きあがって窓のカーテンを開けた。日差しがたっぷりと部屋のなかに注がれる。目の前の通りでは人々が行きかい、首を伸ばすと交差点の角にあるカフェでは、テラス席で新聞を読んだり会話をしたりする客がいた。

たった今見ていた夢がありありと思い出されて、晴香は首を傾げる。明晰夢(めいせきむ)だったが、チェスをさしていた男性は誰だったのか。二枚の絵と、なんの関係があるのだろう。

＊

その日の夜八時前、スギモトの部屋で道具を借りて、例のチェスの絵の修復作業をしていると、やがてスギモトがアパルトマンに戻ってきた。

「ずいぶんと遅くまでかかったんですね」

スギモトは疲れているらしく、「とんでもないやつらだよ」と顔をしかめると、ソファにどかりと腰を下ろした。

「来月からルーヴルで開催される企画展の修復チームに加わっているんだが、どうもフランス人は人をこき使う国民性らしい。はじめはイギリスから借用した作品だけ扱えばいいという話だったのに、つぎからつぎへと仕事を振ってくるんだから」

手を額に当てて、うんざりしたようにスギモトは言った。

タイミングが悪そうだなと思いつつ、晴香はあの夢について報告しようとする。

「そんな折に言いにくいんですが、じつは不思議な夢を見まして」

「夢？　なんの話かと思ったら」

「でもすごい夢だったんです」

晴香の言葉を遮るように、スギモトは右手のひらを掲げて制止する。

「やめてくれ。他人の夢の話ほど、聞かされてうんざりするものはない。話している本人が満足するだけで、聞かされる方からすれば、単に支離滅裂でとりとめのない戯言(たわごと)を垂れ流されるようなものだ」

「普通はそうですが、今回は違うんです！　パリの魔法にかけられたというか、ちょっと信じられないような夢でした」

スギモトは唇をへの字に曲げながらも、こちらを見る。

「君の未来でも予言する夢か？」

「その逆です。過去のパリに戻ってしまったんです」

「なんだって？」と、スギモトは口を大きく開けた。

「夢のなかで、おそらく百年くらい前のパリにタイムスリップしていて、あのカフェに行ったんです。そうしたら、ピカソやら藤田嗣治やらが登場して、挙句の果てに、あの女店主とも会いました」

晴香は脇に置かれたままになっている、カフェから持ち帰った肖像画を指さした。

「……君は相当、想像力が豊かなんだな」

呆れたように言うと、スギモトは晴香に背を向けた。「それより、何度も言うが、俺は今、疲れてるんだ。昨日も下調べをしていてほとんど寝てない。だから休ませてくれ」

「最後まで聞いてください。そのカフェには、ずっとチェスをさしている謎の男性がいたんです。なんでも、四次元に興味があって、キュビズムの公募展に作品を出展したら、斬新すぎたせいで断られてしまい、それ以来、絵を描くことはやめたって言っていました。絵画は印象派以後、ただ目を楽しませるための網膜的なつまらないものになってしまったからって。長年、同じ作品制作に取り組んでいたそうですが、結局はチェスにばかり熱中しているんです。チェスプレーヤーとしてフランス代表にもなったらしくって……あれ、いきなりどうしました？」

晴香が話しつづけていると、スギモトはいきなりソファから立ちあがって、なにやら考え事をするように腕組みをして、行ったり来たりしていたと思ったら、とつぜんチェスの絵の方に歩み寄った。

「四次元、網膜的、フランス代表、そしてチェスばかりさしている……もしかすると」

「スギモトさんには、心当たりが？」

晴香は訊ねるが、スギモトは答えず、腕時計を確認したあと、すぐさま玄関先に掛けてあったコートを手にとった。

「まだ間に合うはずだ。ちょっと外出するぞ」

「どこに行くんです？」

「ポンピドゥー・センターだよ」

ルーヴル美術館から東に向かって徒歩十五分ほどの、パリのど真ん中とも言える立地にあるのが、国立近代美術館を擁したポンピドゥー・センターである。

すでに日は沈み、ライトアップされたポンピドゥー・センターは、建設途中の工事現場さながらだった。七階建ての巨大な建物だが、外観はどこもかしこも鉄パイプがむき出しになっている。これは通常、壁の内側に隠されるはずの配管が、すべて露出しているためであり、建設時の足場が組まれたままのようにも見える。

　あまりに前衛的なデザインから、一九七七年に開館した当時は、一部の市民から「奇抜すぎる」だとか「パリにふさわしくない」だとか賛否両論あったらしい。すでに完成しているのに、いつになったら完成するのか、という問い合わせもあったとか。設計者であるイタリア人建築家レンゾ・ピアノから突きつけられた、いわば芸術の都パリへの挑戦状にも見えてくる。

　エントランスに入ると、巨大な倉庫のバックヤードを連想させるような、広々とした空間が待っていた。夜九時まで開館しているとはいえ、チケット売り場にそれほど人は多くなかった。列に並ばずすぐに二人分のチケットを買い求めると、ネオン管で「ミュゼ」と示された方に向かう。

　当時就任していたポンピドゥー大統領にちなんで名付けられたこのセンターには、美術館の他に、映画館や図書館も入っている。美術館には、ピカソ、カンディンスキー、マティス、シャガールといった巨匠をはじめ、十万点以上の近現代美術が所蔵されていた。近現代を専門とした美術館では、ニューヨーク近代美術館につぐ規模である。

　スギモトとともに晴香は、ガラス張りのトンネルになったエスカレーターに乗って、美術館のある上階へと向かう。

ガラス越しに、パリの夜景が一望できた。まるで建設現場から、通常は見られない夜景を独り占めしているような気分になる。それにしても、昨日見た不思議な夢はなんだったのだろう。しかしパリという幻想的な街にいると、そういうこともあるのかもしれないと受け止めている自分もいた。これほど美しく洗練された場所でなら、どんな魔法だって起こりそうな気がするのだ。

入口でチケットを見せて展示室に入ると、スギモトは迷わず進んでいく。

白い壁の部屋がいくつか連続する。壁には、キュビズムの代表作からエッフェル塔をテーマにした絵画まで、また、教科書で必ず目にする巨匠からパリにゆかりのある作家まで、さまざまな作品が展示されていた。そのなかでも、スギモトが足を止めたのは「レディメイド」として分類された、一九一〇年から二〇年代にかけての部屋だった。

部屋の中央に、白い台座とアクリルでつくられた展示ケースがあって、そこに物々しくトイレの便器が置かれていた。現在よく使われている便座ではなく、男子トイレにある小便用の便器であり、本来壁に接着する面を底辺にしているので、一見してすぐにはその用途はわからない。けれども、黒い筆で「R.Mutt」というサインらしき文字が記されたそのオブジエは、歴史上もっとも有名な現代アート作品だった。

「やはり、デュシャンだ！」

興奮しながら言うと、スギモトは肯いた。

「君の話を聞く限り、夢に出てきたのは、デュシャンとしか思えない」

展示室内にあったキャプションによると、マルセル・デュシャンは一九一七年に、アメリカの展示会で《泉》と題した既製品の便器を出展し、「これはアートなのか」という大きな物議をかもした。彼が絵画制作の代わりに没頭したのが、チェスだった。デュシャンはかなりの腕前だったらしく、フランス代表にも選ばれている。

夢のなかで、女店主は「とんでもないもの」を送ったと言っていたが、それはまさしくこの便器のことだったのかもしれない。

「たしかに言われてみれば、あの人はデュシャン以外、考えられないかもしれません。立ち振る舞いも知的で、つかみどころのない感じがしました。でも、どうしてデュシャンが現れたんでしょう。ひょっとして、あのピカソにそっくりのチェスの絵を描いたのは、デュシャンだったんでしょうか……いや、そうは思えないな」

「そうだな」

しばらく考えてから、晴香は訊ねる。

「ところで、チェスって引き分けが認められるゲームですか？」

「ああ」

「私の夢のなかで、デュシャンが最後に言っていたんです。『引き分けほど美しいものはない』って」

「意味ありげな捨て台詞だな」

スギモトいわく、チェスには引き分けにまつわるルールが多くある。たとえば、引き分けにする合意がとれれば、いつでも引き分けにして終わらせることができるという。また、五十手のあいだに一度も駒の取り合いがなく、ポーンも一度も動かなかったときには引き分けになる。三回同じ局面をくり返したり、チェックメイトされていないのに動かせる駒がなくなったりしても、引き分けとして試合は終了する。負けるのを防ぐために引き分けに持ち込む、という戦い方もあるようだ。

スギモトはそんなチェスの引き分けの魅力について語った。

「そこにチェスの面白さがあるようにも思いますが、デュシャンはそういう意味で、引き分けほど美しいものはないって言ったんでしょうか」

「さぁな」

肩をすくめるスギモトを見て、晴香は「というか、私の夢は、あくまで私が見た夢であって、現実じゃないのに、そこまで考えても仕方ないですよね」と頭を抱える。

「いや、でももしかすると、デュシャンの亡霊はなにかしら伝えたいことがあって、君の夢に現れたのかもしれないぞ」

「伝えたいこと？」

「ああ、理由があるんじゃないか」

スギモトに指摘されて、改めて晴香はデュシャンの便器を見つめたが、当時アメリカの美術展に出された便器はすでに行方知れずになっているといい、目の前にあるものも結局、後世に差し替えられた既製品でしかなかった。アートってなんだろう。デュシャンが考えていたことって？　想像すれば想像するほど、わからなくなった。

＊

目が覚めると、またしても夜中だった。別にふわふわした感覚や視界に靄（もや）もかかっていないけれど、晴香ははじめから、これは夢だとわかった。夢だと素直に受け入れ、自由に動き回ってやろうという強い意志もあった。迷わずベッドから抜けだし、デニムとセーターに着替えてコートを羽織って、アパルトマンを出ていく。

夢から覚めてしまう前に、早くあの謎のチェスプレーヤーと話がしたかった。

焦る気持ちを落ち着かせながら、カフェに向かうと案の定、静まり返った夜の街で唯一、煌々とライトが灯っている。入口のドアを押し開けると、店内は多くの客で賑わっていた。先日ばったり鉢合わせた、小柄ながら目のくりっとした男――パブロ・ピカソを中心にして、大勢の芸術家然とした若者がおしゃべりをしている。よく見ると、口ヒゲを長く上に伸ばしたダリらしき男や、おそらく藤田嗣治らしき丸眼鏡をかけたアジア人の男もいた。

しゃべりかけてみたい、という強い衝動にかられる。夢のなかとはいえ、彼らと直接話せる機会はそうない。しかも、巨匠が勢ぞろいしている。たとえば、ダリはどうやってシュールレアリスムを思いついたのか。砂漠で溶けてやわらかくなった時計が転がっている《記憶の固執》を、どういった経緯で描くことにしたのか、本人に聞いてみたい。あるいは、同じ日本から来た異邦人としてパリで暮らしながら、どんな想いを抱えているのかを藤田にインタビューしたい。

けれども、晴香はそんな衝動をぐっとこらえて、店内をぐるりと見回す。するともっとも奥まった隅の席で、一人チェスをさしている男がいた。ポンピドゥー・センターで確認した肖像写真とそっくりの、マルセル・デュシャンだった。

晴香はまっすぐにデュシャンの方に向かっていく。

「おや、君は、未来から来たお嬢さんだね」

「こんばんは。お会いできて嬉しいです」

「今夜はずいぶんと騒がしいから、退席しようかと迷っていたところだ」

そう言って、デュシャンは芸術家たちの集団の方に視線を投げた。じっと見つめる横顔はポーカーフェイスでありながら、どこか哀愁を帯びている。デュシャンは「芸術家といるのは不愉快だ」と発言したことがあると、昼間に読んだ本にも書かれていた。

そのとき、店の入口から見知らぬ男が一人、大勢の若い女を連れて入ってきた。

「やはり今日は、退席すべきだね」

デュシャンが呟き、「どうかしました？」と晴香は訊き返すが、それをかき消すように店に入ってきた男が、女店主に向かって叫ぶ。

「おい、亭主のご帰宅だぞ」

カウンターの奥で仕事をしていた女店主がふり返り、冷ややかな目を男に向けた。男は酔っぱらっているらしく、千鳥足でろれつが回っていない。店にいたピカソや藤田たちは会話をやめて、怪訝そうに夫婦を交互に見つめる。女店主の亭主は、愛人らしい若い女たちに支えられながら、なにやら叫びつづける。

「こんな店はやめちまえ！　女が働くなんてみっともない」

「あんたこそ、朝から酒を飲んでばかりで恥ずかしくないの？」

店内にしらけた空気が漂うが、すぐに芸術家たちは二人の諍いも気にせず、芸術談義を再開させる。そんな夫婦のやりとりを見ていたデュシャンは、晴香に向かって、独り言のように呟く。

「結婚というのは、馬鹿げたことだ」

晴香はデュシャンに断り、目の前の席に腰を下ろすと、彼に訊ねる。

「あなたは、ご結婚をなさっていないんですか？」

「まさか」

「一度も？」

デュシャンはふと笑みを漏らし、チェス盤に視線を戻して、駒を動かした。

「なぜ人は、結婚したがるのだろうね？　あるいは、自ら選んで結婚した相手にもかかわらず、憎しみあったり、傷つけあったりするのだと思う？」

晴香への質問というよりも、デュシャンはチェス盤を見つめながら、自らに問うているようだったので、晴香はなにも答えず、代わりにこう訊ねる。

「前回ここに来たとき、あなたは絵を描かないと聞きました。それなのに、どうして芸術家たちが集うこのカフェに通ってらっしゃるんです？」

デュシャンは顔を上げて、黙ったまま晴香を見つめた。カウンター席の方からは、乱雑に物音を立てながら言い争いをする女店主とその亭主のやりとりが聞こえてくる。それを面白がるように、芸術家たちの集団も大騒ぎしはじめる。

「少し店を出ようか」

ふり返ると、デュシャンだけが一人静かに、こちらを見つめていた。

冬のパリは真夜中になると一層冷えこむようだ。舗装された河川敷を歩きながら、毛皮に身を包んだデュシャンは黙々と歩いた。水面はセーヌ川沿いに立ち並ぶ建物の光を反射しつつ、遠くの方の中洲にそびえる大聖堂をうつしだす。

「僕があのカフェに通っているのは、チェスをさすためだ」

「家にいても、チェスはできるんじゃ？」

「できるけれど、美しい閃きは生まれない。なぜなら、僕は、あの女店主とゲームをしているからね」

「えっ、全然気がつきませんでした」

「人が多いと中断することもあるけれど、あの女店主は仕事をしながら、ずっと僕の練習相手になってくれているんだよ」

「カフェを切り盛りしながらチェスをするなんて、至難の業に思えますが」

「それくらいの実力の持ち主なんだ。ほとんどの客は知らないけれど」

たしかに思い起こせば、晴香がカフェを訪れた際に、なんとなく思わせぶりな目配せをデュシャンにしている場面があった。あれはチェスの一手を示していたのかもしれない。忙しいカフェの仕事をこなしながらチェスをするなんて、まるで多面指しのような芸当である。

「チェスでもっとも強い駒をご存じかね？」

「えっと……キング、でしょうか」

「いいや、クイーンだよ。キングはむしろ、一マスずつしか動けない。まわりに守ってもらわないと、ろくに攻撃もできない。一方、クイーンはすべての方向に、好きなだけ進むことができる。動ける範囲がもっとも広い、最強の駒なのだよ」

あの女店主は、クイーンのような存在なのだろうか。クイーンに会いにいくために、デュシャンは店に通っているのか。はっきりとは言わないが、二人はお互いにとって特別な存在であることが、言葉の端々から伝わってきた。

「あなたとあの方では、どちらの方が強いんですか？」

「面白いことに、僕たちはほとんど同等の実力を持っているんだ。だから、僕たちのチェスは、いつもシーソーゲームになる。仮に僕が勝っても、つぎは彼女が勝つ。引き分けることも多い。そういうことは、滅多にあることじゃない。実力が同じなだけでなく、思考回路までよく似ているということだからね」

デュシャンがあのカフェに通っている本当の理由は、チェスをさすためではなく、あの女店主に会いにいくためだったのか、と晴香は腑に落ちる。

「素敵ですね、お二人のご関係って」

「君には、そういう相手はいないのかい？」

「私ですか……いつも負けてばかりというか、考えが追いつかなくて、ハッとさせられてばかりの相手ならいます。でも基本的にふり回されているから、ちょっと迷っています。向こうはそれを楽しんでいる節さえあって」

「その相手は、君にとって大切な人なんだね？」

「それは……そうだと思います」

「だったら、簡単に手放しちゃいけない。僕からの助言だ」

デュシャンは晴香の目をじっと見つめながら言うと、帽子を目深にかぶり直し、「では僕はそろそろ行かなくてはいけない。君と話せてよかった。元の世界に戻ってからも、お元気で」とお辞儀をして去っていった。

これで私の夢も覚めるのだろうか――晴香はそう思って、しばらく待っていたが、いくら経っても、セーヌ川の河川敷からアパルトマンのベッドには戻らなかった。

もうひとつ、この世界でまだやり残していることに気がつく。

あの女店主に話を聞きたい。既婚者でもある彼女の目に、デュシャンはどううつっていたのだろう。晴香は一秒も惜しくなって、カフェに走って戻ると、店内の客は一人もいなくなっていた。芸術家集団も女店主の夫も姿が見えない。しんと静まり返った店のなかで、女店主は一人テーブルを拭いていた。

「あら、あの人はもう帰った？」

「はい」

「そう、残念ね。ゲームはまだ終わってなかったのに」と言いながら、女店主はさっきまでデュシャンが座っていた席を見つめた。「いつもそうなのよ。あの人は、周囲の期待をすっぽかすようにして、すぐにいなくなってしまう。画壇の人たちも、彼の新作を今か今かと待っているのに」

そう呟く女店主は、カリスマ的な存在として最先端を走りつづけなければならないデュシャンの、葛藤や孤独を誰よりも理解しているように感じた。もしかすると、絶えず相手を煙に巻いていく知的なデュシャンにとって、彼女とチェスをさす時間だけは、偽りの自分から解放され、本心をさらけだせる時間なのかもしれない。だから彼女は、彼女にしかわからないデュシャンの素顔を知っているのだ。

「だから彼は、作品を発表せずとも、名前は後世に残るんだと思うわ。でもね、本当は彼だって、絵を描きたいのよね」

意外な女店主の一言に、晴香は驚かされる。

「えっ？　本人がそう言ったんですか？」

「まさか。ただ、私がそう思うだけ。彼の立場が、そうさせないのよ。彼はマルセル・デュシャンじゃないといけないから」

「……あなたは彼のことを、本当によくわかっているんですね」

思わずそう口にすると、女店主はカウンターにもたれかかり、チェス盤を見つめながら肯く。

「本当なら、もっとそばにいたい。でもデュシャンにはその気なんてないし、私だってそう。夫はあんな体たらくだけど、若い頃から身近にいて支えてくれた恩義がある。どちらを選ぶかと言われれば、答えは決まってるわ。だからこうして、チェスのゲームをつづけているの」

そう言って、女店主は手元にあったチェス盤に視線を落としたが、ポーンがひとつ足りないという。「さっきまであったはずなのに」と周囲をきょろきょろと見回す女店主に、晴香は自分のコートのポケットに入っていたポーンを差しだした。それは前回の夢でデュシャンにもらった駒だった。

「ありがとう」と、女店主はほほ笑んだ。

そのとき、チェス盤の傍らにある一枚の紙が目に入った。あれは——。

カフェを出ると、空が紫に染まりはじめていた。

夢から醒めるのが惜しかった。けれど、カフェに隠された秘密について、女店主の話を聞いて、晴香はようやくピンときていた。いつのまにか現実へと意識は傾き、「スギモトさんに報告しなくちゃ」と声に出して呟いたとき、そこはアパルトマンのベッドだった。

＊

それから一週間後、晴香はスギモトとともに、日中にカフェを訪れた。寒さも少しやわらいで、春の兆しを感じさせるような陽気だった。店内は混みあっていたが、事前に約束していたおかげで、修復を依頼してきたカフェ店主のカルロが、テーブル席を確保してくれていた。

「こちらが、修復を終えた作品です」

梱包されたチェスの絵と女店主の肖像画の二点を手渡すと、カルロはほっとしたように笑った。

「楽しみにしていましたよ。早速ですが、上の階でゆっくり拝見しましょうか」

「その前に、カルロさんにお話があります。そのチェスの絵、いえ、今回のご依頼についてわかったことです」

晴香が言うと、腰を上げかけていたカルロは、ふたたび席につく。

「つづけてください」

「まずは、ご安心ください。今回、修復を引き受けた二点の絵は、しっかりとケアをしました。ホコリや汚れを除去して、表面のニスも劣化したものは取りのぞき、カバーし直してあります。また、ストレッチャーが歪(ゆが)んでカンヴァスに負担をかけていたので、新しいものに交換しました」

「それは、ありがたいですね。で、チェスの方は、やはり古い作品でしたか？」

「いえ、それはありません」

はっきりと答えると、カルロは眉を上げて「どういうことでしょう」と訊ねる。

「そのチェスの絵は、ここ十年以内に制作された、比較的新しい複製品です。人の移動が激しくホコリが舞いやすいカフェの店内に飾られていたせいで、実際の年月よりも古いもののようにも見えますが、キュビズムの時代に描かれたものではなく、ましてや骨とう品でもありません。むしろ、そのように見えるように、意図的に、古びを施された箇所もありました」

「意図的に？　それは……なにを根拠に？」

晴香はコンディション・レポートをテーブルの上に置いて、指差しながら説明する。

コンディション・レポートとは、修復された道筋を細かに記録した、いわば作品のカルテである。それを残すことで、依頼主からの信頼を守るとともに、後世の修復士がつぎに作品をケアするときの大切な指針となる。

「この絵に使用された絵具の成分、カンヴァスに含まれる繊維の種類、さらには描かれた筆致からして、ピカソ本人のものでも、その当時に使用されたものでもありませんでした。ピカソの《チェス》を模した複製画と考えて、間違いありません」

「つまり、歴史的な作家による筆ではない、と」

「はい」

晴香はきっぱりと答える。

カルロはしばらく黙ったまま、書類に目を通していたが、諦めたように俯いた。

「まぁ、受け入れるしかありませんね」

「ええ。といっても、落胆する必要はありません」

晴香がそうつづけると、カルロはふたたび顔を上げて、こちらを見つめた。

「この店には、じつはもうひとつ、重要な作品があるからです。むしろ、そちらの作品の方がこのピカソの複製よりも、はるかに高い価値を持っていると言えます」

意外なはずの事実だったが、カルロはなにも言わなかった。その反応は、晴香が以前から抱いていた疑問を深めるが、今は追及しないでおく。晴香は目線によって、店内にある一点の作品を示した。

そこには、スギモトがこの店に来たときにはじめに気に留めた、例のチェスの棋譜が記された紙があった。見るからに古いものの、なんの変哲もないメモが額縁に入れられ大切に飾られている。筆跡は丁寧とは言えず、独特の癖があり、インクの一部がかすれて消えかかっているのが、書かれてからの年月の長さを思わせる。

晴香は、黙っていたスギモトと目を合わせ、バトンタッチをする。

スギモトは肯いて、こう切りだす。

「じつは一週間ほど前、私も改めてここに来店しましてね。あなたはご不在でしたが、しばらく棋譜を眺めていたんです。そうしたら、あることに気がつきました。あの棋譜の最後には『1／2－1／2』と記されている。引き分け、という意味です。つまり、あの棋譜が記録しているのは、勝敗の決着がつかなかったゲームなのです」

「……それが、なんだというのです？」

焦れるように、カルロは眉をひそめる。

晴香はちらりと、梱包を解いた美しい女店主の肖像画を一瞥した。夢のなかで話をしてくれた彼女も、この店のどこかから聞いてくれているだろうか。亡霊となって、いまだに店内を彷徨っているかもしれない。

「じつはこのカフェには、チェスに……もっと言えば、チェスの引き分けという状態にこだわっていた芸術家が、出入りしていた過去があるようです。芸術家の名前は、マルセル・デュシャン。今では『現代アートの祖』として名高いですが、初期にキュビズムの絵を残しています。デュシャンはチェスの実力でも知られ、多くの直筆のチェススコアを残していて、それらの一部は愛好家に所蔵されています。まさしくこの店に飾られたあの棋譜も、その一枚ではないかと考えられます」

「本当ですか？」と、カルロは表情を変えずに答える。

「そのファイルの最後の方には、筆跡鑑定の結果が入っています。アメリカに在住でダダイズムのコレクションで知られる富豪の仕事を、私は過去に引き受けたことがあり、彼らが所有するデュシャンの棋譜を借りて、綿密な筆跡鑑定を行ないました。結果は、見事に一致しています」

喜ばしい結果にもかかわらず、なぜか口を真一文字に結んだままのカルロに、スギモトはこうつづける。

「やはり、あなたは本当のところ、それらの結果をすでにご存じだったのではないでしょうか？」

晴香は思わず、スギモトの方を見た。そして、ふたたびカルロの表情を確認すると、カルロには驚いたり否定したりする素振りがまったくなく、ただ挑戦的なまなざしをスギモトに向けている。すべて知っていたのだったら、なぜ今回の依頼をしてきたのだろう。晴香は新たな疑問に混乱した。

ややあったあと、カルロは何度か手を打った。

「素晴らしい」

「では、正解ですね」

「ええ、あなた方が導きだした答えは、すべてその通りです。しかし、どうやってわかったんです？」

悪びれずに言うカルロに、スギモトは苦笑した。

「黙って試されていたことへの憤りや不信感は、いったん脇に置きましょう。正解がわかったのは、私の手柄というよりも、パートナーである晴香の功績です。彼女がいなければ、チエスの絵が複製であることはわかっても、棋譜こそがデュシャンによる真作だったことは見抜けなかったでしょうからね」

スギモトにさりげなくウィンクされて、晴香はどきりとする。滅多に認めてくれないからこそ、たまに褒められると余計喜んでしまいそうになる。

「なるほど。ハルカさん、あなたはどうやってデュシャンが引き分けにこだわっていた事実を見抜いたのですか？　そのことはわれわれの店の関係者のあいだだけで語り継がれてきた秘密なのに」

「それは」

答えるのを躊躇しながら、晴香は女店主の肖像を見つめる。

夢を見た、とは言えなかった。パリの魔法にかけられたのだ、とは。依頼を引き受けたときに、女店主の肖像から目が離せなくなり、自分から修復すると言いだしたときから、過去のパリへとタイムスリップする誘いを受けていたのかもしれない。

あの夢は、単に自分の妄想であって、事実とはなんの関係もない。けれど、四六時中例のカフェにあった二点の絵を眺め、絵のことばかり考えていたのは確かなので、無意識のうちに気がついたとしておこう。

「偶然です」

カルロはほほ笑み、「なるほど」と答えた。

「ところで、カルロさん。さきほども言いましたが、水面下でテストされていたことは不愉快ですね」と、スギモトが言う。

「……でしょうね」と、カルロは肩をすくめた。

「そろそろ仕掛け人を呼んでください」

スギモトの言葉に、晴香だけでなくカルロも、息を呑むのがわかった。

「もう、あなたには隠しても無駄ですね。どうぞ、こちらに」

カルロは降参だと示すように笑うと、席を立った。二階へと上がり、廊下の突き当たりにある個室に入る。特別な客のみが入れるという個室は、五、六人掛けの丸いテーブルがちょうどおさまる広さだった。

そこで待っていたのは、ルーヴル美術館の修復チームのリーダーであり、《サモトラケのニケ》の際にも、スギモトに絶えず懐疑的な目を向けていたベテランの修復士、あのマルタンだった。マルタンは気まずそうに仏頂面を浮かべながら、カルロに向かって言う。

「なんでここに連れてくるんだ！」

「どういうことですか」

晴香が慌てて訊ねると、カルロはマルタンを遮って言う。

「マルタンとは古い友人でしてね。あなた方がよくこのカフェを訪れることを知って、今回の仕掛けを持ちだされたんですよ。チェスにちなんだ内装は、謎解き好きの私のアイデアですが、うちにはデュシャンによる棋譜があるので、あなた方がその価値を見抜くかどうかを試したいと、他でもないマルタンが言いだしたのですよ。マルタン、もうバレてしまったんだから、全部君の口から話さないと、フェアじゃないだろ？」

マルタンは悔しそうに頭を抱えながらも、「俺はまだ、認めないぞ」と呟いた。「あの複製をピカソの筆だと結論づけたら、問答無用でルーヴル美術館から追い出してやるつもりだったが、問題が簡単すぎたな」

「ずいぶんと回りくどいことを」

スギモトが呆れたように鼻を鳴らすと、マルタンは「余計なお世話だ」と立ちあがって帽子を目深にかぶった。困った様子のカルロは、私たちと顔を見合わせたあと、「とんだご無礼を、お許しください」と言う。

不機嫌そうに部屋を出ていくマルタンを、晴香は階段を下りて追いかける。

「待ってください」

「なんだ？」

ふり返ったマルタンに、晴香は頭を下げて言う。

「私もルーヴルの修復チームに加えてください。まだ修業中ですが、おそらくみなさんの力になれると思います」

「……君も大変だな。あんな男の下で働かされて」

マルタンは目を逸らしつつも、晴香に同情するように言った。

晴香はマルタンを見据えながら、きっぱりと答える。

「下じゃありません。私は一個人として、自分自身のキャリアのために、彼と対等なパートナーとして仕事をしているだけです」

「ほう」と、マルタンは眉を上げた。

「だから、スギモトさんがどうであれ、私には関係ありません。今後は、私のことは私を見て判断してください」

マルタンは何度か瞬きしたあと、晴香に向かって帽子をとった。

「どうやら私は、君のことを少し誤解していたようだ。申し訳ない」

階段をのぼって部屋に戻ろうとすると、入口のすぐそばにスギモトが立っていた。今のやりとりを聞いていたらしい。なにか言おうとする晴香を制止するように、「俺がいないあいだに、君は変わったみたいだね」とスギモトは言った。

「変わらないと、やってられませんからね」

スギモトの顔を見ないまま、晴香は鞄をつかんだ。

さかのぼること、三ヵ月——。

†

機内の窓から見下ろすロンドンは、日も短い十一月とあって、暗い灰色に沈んでいた。すぐにまた雲が流れるのかもしれないが、移り気な空模様は、ルイーズの心境を表しているかのようだった。

人々でごった返したヒースロー空港で、ルイーズはスーツケースを引きながらタクシー乗り場へとまっすぐに向かう。いつもは同行させている秘書も、この日はいない。あえて到着の日を一日前倒しにしたのは、特別に会っておきたい人物がいるからだ。

ルイーズにとっては、気が重いようで、ずっと期待していたような、そんな久しぶりの再会である。

タクシーに乗りこんで、運転手に「ＭＥＴにお願いします」と手短に告げる。

「ＭＥＴって？」

運転手はわざわざふり返って訊ねる。

「ロンドン警視庁(スコットランドヤード)です」

「ほう。珍しい行先ですな」

イギリス訛りの英語でそう呟くと、運転手はタクシーを発車させた。たしかに、空港から警視庁に直行する人間は、そう多くはないだろう。バックミラー越しに目が合うが、ルイーズはすぐさま目を逸らした。

国際ローミングの契約をしてあるスマホが、イギリスの電波を拾った。待ち受け画面につぎつぎにメッセージが表示されていく。半分くらいは秘書からの連絡である。このじつに有能な若い女性秘書がいなければ、ルイーズが館長職を務めることはまずできない。

たった四日間のロンドン滞在中も、こちらの数々の美術館関係者とのミーティングをはじめとして、付き合いの長いアーティストやギャラリストとの会食など、分刻みに予定が埋まっている。それほどまでに、ルーヴル美術館館長という座は、求められることの多い仕事だった。

にもかかわらず、スケジュールを前倒しにしてこの日、ロンドンにお忍びでやってきたのには、ルイーズなりの覚悟があった。明日になって秘書と合流し、ルーヴル美術館館長の肩書を背負った公人になる前に、ルイーズはどうしても、一人の人間として、そして女性として、会っておきたい相手がいたのだ。

タクシーの車内で肩の凝りを感じながら、窓の外を眺める。パリの夜は、オレンジ色に煌々と輝いて幻想的だが、ロンドンの夜景はもっと賑やかで都会的だ。ガラス張りの高層ビルディングも多いし、いたるところに色彩が溢れている。今も頻繁に訪れている場所でありながら、ルイーズは久しぶりに、ロンドンの夜景に見惚(みほ)れた。

昔に戻りたいとは思わない。ただし、もう二度と戻れない過去だからこそ、いつまでも輝いているのは事実だった。

かつてルイーズは、結婚していた。イギリス人の夫とロンドンで暮らし、子育てをしながら、ロンドンの美術館でキュレーターとしてのキャリアを積んでいた。それだけ聞けば、華やかな人生にしか見えないだろう。けれど今、幸せだったかと訊かれれば、なぜか返答に詰まってしまう自分がいる。

元夫とは、喧嘩が絶えず、この人と結婚すべきだったのだろうかという後悔がつねにつきまとった。家庭を顧みないタイプといえば簡単だが、元夫にとって、自分や息子は第二、第三の存在だった。いつも他のなにかを優先され、ないがしろにされているように感じた。そのことを責めるのに疲れて離婚を切りだしたのは、ルイーズの方だった。

——君が望むなら、仕方ない。

元夫から言われたことを思い出すだけで、腸(はらわた)が煮えくり返りそうになる。そうなるように仕向けたのは、他ならぬ自分のくせに。選択さえもこちらに押しつけておいて、自覚症状がないなんて。

夫婦仲がうまくいかなくなって以来、脇目もふらずに仕事に打ちこんできた。幸い、子育てとの両立もなんとかなり、今ではルーヴル美術館館長という、憧れのポジションにまで必死に上りつめた。女性として、母として、キュレーターとして、さまざまな困難を乗り越えてきた結果の、順当なご褒美だと思っている。

それなのに、なぜ、なぜあんなことが起こったのだろう。

なぜ今、やっとルーヴルの館長になれたときに――。

「こちらでよろしいですか？」

運転手から訊ねられ、ルイーズはわれに返る。

強硬なスケジュールの疲れもあって、つい考えても仕方のないことばかり頭に浮かぶ。ルイーズはポンド紙幣での支払いを終えて、タクシーを降りた。目の前には、ロンドン警視庁の無機質で威圧的な建物がそびえ、「NEW SCOTLAND YARD」という看板が、その権力を誇示するかのように派手に照明を浴びていた。

受付で来意を告げる。アポをとっていたのは、美術特捜班に所属している刑事である。

やがて現れた刑事は、記憶のなかの彼と同様に、あるいはそれ以上に、滅多に家に帰らない不規則な生活スタイルがたたっての疲れが、にじみ出ているような佇まいだった。それなのに、彼に見つめられると、ルイーズの心臓はどきりと跳ねるのであった。

「会いにきてくれて嬉しいよ」

昔となんら変わらない声で言われ、ぎゅっと胸が締めつけられるが、それを悟られないように努めて冷たく答える。

「別に、あなたと会うためだけに来たんじゃないから」

困ったように肩をすくめると、刑事は周囲を見回して、ひとまずパブにでも行かないかと誘った。二人はＭＥＴを出て、仕事帰りの人々で賑わっている老舗パブを訪れた。カウンターの席に座り、彼はスコッチを、ルイーズはサイダーを注文する。

「久しぶりね、マクシミラン。元気だった？」

はじめて正面から見つめあう。久しぶりに会うロンドン警視庁の刑事、マクシミランはルイーズにとって結婚生活をともにした相手でもあった。

「いろいろあったけど、なんとかやってるよ」

「よかった」

すぐに会話が終わってしまう。もうお互いに年をとり、若さの欠片(かけら)さえ残っていないというのに、会うだけで気まずく、なにを話していいのかわからなくなる自分に驚く。おそらくマクシミランの方も、似たような心境らしかった。

「それで、相談って？」

すぐに用件を切りだすのは、かつての彼らしくなかった。むしろ彼はいつまでも本題をはぐらかし、相手を煙に巻いて楽しむようなところがあった。恋人同士だった頃、結婚して喧嘩ばかりになる前は、そんな風にいつまでもとりとめのないおしゃべりに興じたものだ。そう考えてから、いけない、と思い直す。そんなことを今、思い出してどうするのだ。ルイーズは必要以上に感傷的な自分に辟易しながら、こう切り出す。

「あなたのところで民間顧問をしている美術修復士を、しばらくうちに貸してくれないかしら？」

「ケントのこと？」

「それ以外に、誰がいるのよ」

「でもうちに貸すって、ルーヴル美術館で雇うってことかい」

「そうよ」

ルイーズがきっぱりと肯くと、マクシミランはなぜか笑った。どういう意味の笑いだろう。イギリス人である彼の、ユーモアのセンスを解せないことが多々あった。そのたびに英仏関係のこじれは、個人単位にも存在するのだと実感した。ルイーズは平常心を取りもどすべく、サイダーを一口含んだ。この国ではサイダーと呼ばれるものの、アルコール度数の低いお酒だ。いまだに子どもっぽくて、好きになれない。

「そういうことは、本人に聞いてもらって構わないよ。特別な契約を結んでいるわけではないから。むしろここ最近は、あまり警視庁からも依頼することがなかったから、本人も興味を持つんじゃないかな」

「よかったわ。ケントが大英博物館を辞職したって聞いたときはどうするのかと思ったけど、仕事ぶりは相変わらずみたいね」

「ああ。しっかり者の助手が見つかって、二人三脚で頑張ってるよ」

「へぇ、あのケントが二人三脚？　それは会ってみたいわね」

「きっとルーヴルに誘えば、助手の子もついてくるんじゃないかな。そのときは二人一緒に受け入れてやってほしい」

ルイーズはグラスを置いて、マクシミランの顔を見据える。

「どうして私が、あなたの頼みを聞き入れなきゃいけないの？」

「弱ったな。なにを言っても、今の君には叱られそうだ」

わけもなく腹立たしさがこみあげてきて、ルイーズはサイダーを飲み干した。この男を殴ってしまう前に引きあげるべきだろう。明日は朝早くからスケジュールが詰まっているし、もともと長居するつもりはなかった。用件が済めば、すぐに立ち去ろうと思っていたのだ。冷却期間を置いて再会した二人の関係性に変化があって、もっと一緒にいたいと思えることを願う気持ちもあったが、残念ながら、そうはならなかったようだ。

「もう行くわ」

席を立つと、マクシミランは懇願するような目を向けて言う。

「クリスは元気？」

ルイーズは思わず、大げさなまでのため息を漏らす。

「自分で連絡すればいいじゃない。父親なんだから」

マクシミランの顔を見ずに立ちあがり、出口へと向かう。礼儀の悪さを責めるように、パリよりも数度は冷たいであろう夜風が体当たりしてきた。もっと厚手のコートを着てくるべきだった。これだからロンドンは好きになれない。スカーフを巻いてタクシーを拾うために大通りへと、石畳の道を歩きながら考える。自分はいったいなにを期待していたのだ。

ふと足を止めて、パブの方をふり返る。扉が開いた。マクシミランが追ってきてくれたのだろうか――。ハイヒールを一ミリほど前に動かす。しかし扉から出てきたのは、見知らぬ男女のカップルだった。こんなことは馬鹿げている。自分自身を鼻で嗤い、ルイーズは踵を返して足早に大通りに向かった。

第二章

汚された風景画

――ピラミッドは死者の家であり、異界へと通ずる入口なんだ。

そう教わったのは、あの人とはじめてルーヴル美術館を訪れたときだった。

だからルーヴル美術館は、まずガラスのピラミッドの下に入り、エジプトの死者の世界へといざなわれるような設計になっているんだ、と。今日、私は一人でやってきたのに、あの人から言われたことばかり思い出す。

――君に頼みたいことがある。

一週間前に、あの人とルーヴル美術館に来たとき、そう切りだされた。

私は素直に肯いて、なんでも言ってほしいと答えた。あの人から言われれば、本当に、なんでもするつもりだからだ。

――君にしてほしいことは、わかったね？

――はい。

一週間前と同じく、チケット売り場のあるナポレオン・ホールは混雑していたけれど、通路を進むにつれて人の数は減っていく。《モナリザ》や《ミロのヴィーナス》といった超有名作品を除けば、どんなに来館者が多くても、広すぎる館内に分散するからだろう。

私が向かったのは、シュリー翼の三階。十九世紀のフランス絵画のエリアでも、階段に近いところにある小さな展示室だった。そこまでの最短ルートは、ホームページやガイドブックで何度も復習してきた。すべては、あの人に教えられた通りに。

あれほどルーヴル美術館を熟知している人を、私は知らない。

あの人にとって、ここは毎日のように訪れた学校であり、職場でもあるからだ。

お目当ての展示室に入ると、まず、監視員と目が合った。分厚い眼鏡をかけて、前髪を長く伸ばした、ふくよかな若い女性だった。本人には申し訳ないけれど、以前下見をしたときに頼りなさそうな女性なので、ちょうどいいと思ったのだ。

監視員のシフトについてはあらかじめ頭に入れてある。腕時計をちらりと見た。交代時間まであと数分。それまで待つために、私は入口のすぐ近くにあった絵画の前に立った。じっくりと鑑賞しているふりをしたが、じつは心臓はバクバクと跳ねて、なにも頭に入ってこなかった。

誰も私のことを見ていませんように――。

この計画を成功させれば、あの人は喜んでくれるだろうか。私はこの世界にいていいと心の底から思えるようになるだろうか。誰かの役に立っていると、自分の存在意義を肯定できるだろうか。

「どうかされましたか？」

声をかけられ、私は思わず小さく叫び声を上げた。

ふり返ると、女性監視員がすぐうしろに立って、こちらを見つめている。前髪に隠れた目は澄んだ茶色をしていた。

「だ、大丈夫です」

「そうでしたか、失礼しました。もしご気分がすぐれなければ、救護室もありますので言ってくださいね」

私はその監視員に謝りたくなった。

今から私がしようとしていることを、彼女はなにも知らないのだ。けれど、ここで計画を台無しにするわけにはいかない。

「……ありがとうございます」

そう答えて、私は一度、展示室を去ることにした。

そのとき、つぎのシフトの監視員が現れた。つぎの監視員も女性で、背は高いがひょろりとした体形なので、彼女もちょうどいいと思っていた。さきほどの前髪の長い監視員は、もう私に対する関心を失っている。

監視員たちが会話を交わすのが聞こえてきた。今日の天気やお互いの調子といった世間話をしたあと、業務については、照明も切れていないし問題はない、といつも通りの報告をしている。

今だ――。

私は踵を返し、さっきの展示室に足早に戻りながら、鞄から水筒を出す。ペットボトルだと中身の黒い液体が見えて、入館チェックで引っかかってしまう。だから水筒のなかに準備してきた。

私は監視員から注意を払われていないのを確認しながら、水筒の蓋を開ける。何度もシミュレーションしてきたおかげで、落ち着いていた。私は例の絵画の正面に立った。あの人から指示を受けていた絵画だ。はじめに言われたときは、こんなに美しい絵画にと戸惑ったけれど、ここまで来たらなにも思わなかった。

水筒を思いきり絵画に向かって振りかざす。液体がカンヴァスにぶつかる派手な音がして、私の顔にも飛沫（しぶき）が飛んでくる。

もともと静かだった場が、沈黙に支配される。他の来館者も、やりとりをしていた監視員も、全員がぴたりと動きを止めて、こちらを見ている。ふり返らなくても、痛いほどに視線が刺さった。

叫び声がした。ふり返ると、来館者の一人が両手を頬に当てていた。前髪が長い方の監視員が、一目散に駆けよってきて、私の手を乱暴につかみ、真っ青になる。「どうして、こんなことを？」

数秒後、体当たりされた。あとから走ってきた、警備員の男性だった。警備員は一人、また一人と増えて、あっという間に私は取り押さえられる。強い衝撃があって、床に押しつけられたのだとわかった。

成功した――。もはや私には、すべてがどうでもよかった。

今後もすべてうまくいきますように、と心のなかで祈りながら深く息を吸う。

「私は環境活動家よ！　地球を守るために、これをした！」

こちらにスマホを向ける来館者にも、はっきりと届くように、私は大声で怒鳴った。

開館前の早朝、長いコードのついたお掃除ロボットが、蜘蛛のようにゆっくりとした動きでピラミッドの表面を磨いていた。二月は厳しい寒さだが、徐々に明るくなる空は、晴れわたって澄んでいる。

ピラミッドの脇をゆっくりと通過する巨大なトラックを、晴香はファイルを片手に待ち受けていた。今回、作品の搬入を見守るのが晴香の役割だった。

この日、マルタンから、朝七時に美術館に来てほしいと頼まれていた。早朝だが、美術館の業務では、それほど珍しいことではない。ちょうどロンドンの美術館に貸し出されていた作品が、旧知のクーリエとともに、まとめてルーヴルに戻ってくる。晴香は立ち会いを指示されたのだった。

返却作品のなかには、高さ五メートルを超える大作の絵画もあった。ロールアップして大きな筒に梱包されたカンヴァスを、移動するだけでも一苦労である。これから館内で、そのロールアップを外して、点検作業に入ることになる。状態に応じて、修復の手も加えなければならない。

トラックからつぎつぎに荷物が下ろされ、晴香は他の職員と協力しながら、地下通路へと輸送会社のハンドラーを誘導する。開始一時間ほどして、スギモトが様子を見にやってきてくれた。

「大英博物館のときも規模に圧倒されましたが、ひょっとすると、ルーヴル美術館はそれ以上かもしれませんね」

スギモトに言うと、彼も同感のようだった。

ルーヴル美術館の地下には、迷路のように入り組んだ、十五キロにも及ぶ通路が張りめぐらされている。そこでは、ローラースケート靴を履いた、専属の長距離配達員も常駐するほどだ。職員はそんなだだっ広い空間を行ったり来たりして、重く巨大な作品を相手にしつづけなければならない。

「ルーヴルの地下には、職員専用のトレーニングルームがあるそうですね」

「ああ、設備はなかなかよかったよ」

「もう使ったんですか？」

驚いて見ると、スギモトは何事もない顔をしている。

「悪いか？」

「そういうわけじゃなく、意外だから。ほら、ロンドンにいるときは、いくら私が休日にランニングに誘っても、断ってばかりでしたよね。運動なんて、筋肉バカかナルシストがやるものだ、みたいな暴言を吐いて」

GENTOSHA 幻冬舎　〒151-0051 東京都渋谷区千駄ヶ谷4-9-7 Tel.03-5411-6222 Fax.03-5411-6233
幻冬舎ホームページアドレス　https://www.gentosha.co.jp/

幻冬舎文庫 2月の新刊

ミトンとふびん
吉本ばなな

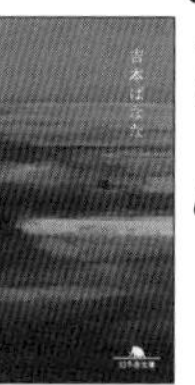
693円

「新しい朝。私はここから歩いていくんだ」。金沢、台北、ヘルシンキ、ローマ、八丈島。いつもと違う街角で、悲しみが小さな幸せに変わるまでを描く極上の6編。第58回谷崎潤一郎賞受賞作。

なんちゃってホットサンド
小川 糸

594円

毎朝愛犬のゆりねとお散歩をして、家では梅干しを漬けたり、石鹸を作ったり。土鍋の修復も兼ねてお粥を炊いて、床を重曹で磨く。夕方には銭湯へ。今日という一日を丁寧に楽しく生きるのだ。

子のない夫婦とネコ
群ようこ

594円

子宝に恵まれなかった夫婦とネコたちの、幸せな日々と別れ。男やもめと拾ったイヌとの暮らし。ネコを五匹引き取った母に振り回される娘。ほか、「老いとペット」を明るく描く連作小説。

「ひたすら走ることには興味ないが、トレーニングマシーンというのは、緻密に計算されていて好きなんだよ。なにより、合理的だからな」

よくわからない理屈だと呆れながら、晴香は目の前の作業に意識を戻す。

やがてマルタンが現場に現れて、「様子はどうだ?」と訊ねる。「順調です」と晴香が答えると、マルタンから親指を立てられ、ホッとする。例のカフェの絵画を修復した件で、マルタンもさすがに考えを改めたらしい。あのあと数日経って、スギモトを経由して、晴香はルーヴル美術館に呼びだされた。

――今後は、君にもチームに加わってほしい。

マルタンは相変わらずの仏頂面で、そう言った。

――ただし、うちの修復チームはプロフェッショナルしかいない。少しでも怠慢だったりミスをしたりすれば、容赦なく外れてもらうよ。

怒ったような言い方も、彼なりの鼓舞だと受け止めた。

――ありがとうございます、頑張ります。

聞くところによると、ルーヴル美術館では、学芸員の他に、設営工や電気工、清掃員や監視員、消防士なども含めて、総勢千二百人以上が働いているという。ところが、そのうち修復に関しては、たいてい五十人ほどの人手しかない。

ルーヴル美術館の所蔵品は、三十万点にも及ぶうえに、日々新しいコレクションも増える。目録を更新するために寸法を測り、状態を確認し、写真撮影をしなければならないが、それらを五十人で対応しろというのは無理な注文だろう。マルタンははっきりとは言わないけれど、つねに人員不足には違いない。

ましてや、スギモトのような優秀な人材となれば、フランス人ではなくとも手を借りたいところだろう。マルタンの厳しい態度は変わらないが、スギモトに対しても、信頼を寄せはじめていることが伝わった。はじめは保守的な国粋主義者かと思ったけれど、案外、公平な目を持った人らしい。

マルタンとやりとりをしたあと、スギモトは時折、こちらになにか言いたげな目を向けることがあったが、晴香は気がつかないふりをしていた。話したところで、なにも変わらないし、自分の気持ちがまた揺さぶられるのも煩わしかった。

正午になる頃、すべての積み荷を下ろし終えた。少しの休憩をはさんでから、スギモトと晴香はマルタンとともに、地下の修復室で、ロールアップされた巨大な絵画の点検をはじめることになった。

とつぜん、一人のスタッフが息を切らしながら部屋に入ってきた。フランス語なので内容はわからないが、ただならぬ事態が発生したようだ。マルタンは顔色を変えて、晴香たちに向かって言う。

「襲撃された……うちの名画が」

「なんだって？」と、スギモトは眉をひそめる。

「黒い液体をかけられたらしい」

晴香はスギモトと顔を見合わせ、すぐさま現場へと向かうマルタンを追いかけた。

事件が起こったのは、シュリー翼三階にある、十九世紀のフランス絵画を集めた展示室だった。順路の最後に位置する展示室らしいが、周辺は立ち入り禁止のテープが張られて、来館者がなかに入れないようになっていた。

そこまで混雑した時間帯ではないにせよ、近くには、作品が傷つけられた瞬間を目撃した来館者もいたらしく、十数名の人だかりができている。スマホを掲げたり、不安そうに話したり、現場を覗きこもうとしたりしている。

人混みをかき分けるようにして、展示室へと入っていく。そこには、フランス写実主義のなかでも、バルビゾン派として知られる、カミーユ・コローらの絵画が展示されていた。監視員や消防士が集まっているのは、コローによる風景画のひとつ《カステル・ガンドルフォの思い出》の前だった。

しかし風景画は、見るも無残な姿になっていた。黒い液体が画面の広範囲にわたって、叩きつけられたように付着している。磨きあげられた木製のフロアにまで垂れ落ち、壁にも飛沫が散っていた。

そんな惨状の数メートル手前で、屈強な男性の警備員に、一人の女性がまだ取り押さえられていた。晴香と同じくらいか、年下かもしれない。痩せているが、こちらを睨みつける目は激しかった。身につけている黒いTシャツに、白抜きで書かれた文字を見た瞬間、晴香はそういうことかと戦慄した。

〈STOP OIL〉

脳裏をさまざまなニュース映像がよぎる。同様のTシャツを着た人たちが、街でペンキを投げつけたり、ガソリンスタンドの設備を壊したりする映像である。わけても、美術館を訪れて名画をつぎつぎに襲撃していく様子には、これまで何度もショックを受けた。

「またか」

スギモトも同じ心境らしく、そう呟くのが聞こえた。

やがて警察が現れ、彼女を現行犯逮捕する。

彼女は遠くにいる他の来館者にまで聞こえるような大声で、こう叫んだ。

「私は環境活動家よ！」

警察に抵抗しながら、主張をつづけた。

興奮状態にある彼女は、ようやく警察に制止されて、その場から連れだされる。残された美術館スタッフ全員が、困惑し、憤っているものの、それらの感情を持て余している様子だった。

「だからって、なぜ？」

となりに立っているマルタンが、この世の終わりに直面したような声で呟いた。

彼の視線の先には、百五十年以上にわたって絵画を愛する人々が大切に受け継いできたにもかかわらず、たった数秒のうちに、黒い液体で台無しになってしまったコローの作品があった。

＊

さまざまな分野の作品を所蔵するルーヴル美術館において、絵画のコレクションは全体のわずか四パーセントにすぎない。それでも、キュレーターの数は絵画部門が最多で、花形とも言える部署だという。

コローの専門家として、その展示室を担当しているキュレーターは、ジェラールという名前の三十代後半の男性だった。

ジェラールは細身の高身長かつ、甘いマスクの持ち主だった。ブランド物のスーツをお洒落に着こなし、ブラウンの巻き髪は、ラファエロの絵画に登場しそうな美少年を連想させるうえに、物腰もやわらかだ。

「まずは、作品の損傷具合を確かめましょう」

ジェラールが指揮をとって、マルタンをはじめ、絵画専門の数名の修復士とともに、《カステル・ガンドルフォの思い出》の点検がはじめられた。

幸い、床にまで飛び散っていた黒い液体は、一見オイルのようでありながら、確認すると水性の無害なものだった。湿った布で拭うと、すぐに落とすことができた。また、額縁にはほとんど付着していなかった。

ルーヴルの所蔵品には、額縁と分割できない絵画も多くあるが、この額縁は簡単に取り外せるタイプでもあった。なにより、防御ガラスがとりつけられており、絵画の表面は一切、汚れていなかった。

一同はホッと胸をなでおろした。

「ガラス板付きの額縁を選んで、本当によかったです」

キュレーターのジェラールは、誰より喜んでいる様子だった。午後、つぎつぎに管理職や取締役のお偉方が血相を変えてやってきたが、ジェラールはそのことをことさらに強調していた。まるで絵画を救ったのは自分の手柄だ、と言わんばかりだった。

結局、ひと通り点検して、大きな問題は見つからなかった。

「念のため、この額縁は専門の修復機関に送った方がいいだろう。この程度なら、すぐに元通りになる。よかった、よかった」

マルタンがそう言ったとき、スギモトが一瞬、口をひらきかけた。なにか気になったときの仕草だった。

「どうかしました？」と、晴香は小声で訊ねる。

「いや、なんでもないんだ」

スギモトは呟き、カンヴァスと額縁が別々に運ばれていくのを見守った。その日のうちに規制線も解かれ、来館者は自由にその展示室を行き来できるようになった。壁に絵画一枚分の空白ができたことを除けば、今朝までの平和な館内となんら変わりはなかった。ルーヴル美術館は日常をとり戻しつつあった。

晴香はその日早朝からルーヴル美術館にいて予期せぬ事件にも翻弄されたので、日が沈む頃にはアパルトマンに戻ることにした。近くのイタリア料理店に立ち寄ると、スギモトの好きそうなピザが売っていた。なぜ彼の好きなものを選ばねばならないのだ、と自分で突っ込みながらも二人分買って帰った。

スギモトの部屋を訪ねると、彼も戻ってパソコンに向かっている。

「その香りはピザだな。気が合うね」

「あなたの好みを選んできたんです、気が利くでしょ」

晴香が素っ気なく答えると、スギモトはふたたびパソコンに視線を戻した。

「今はいい。仕事中だから」

晴香はやっぱり彼のことなんて気にしなければよかった、と後悔しながらテーブルの向かい側に腰を下ろす。彼が「なにをしてるんですか」と質問されるのを待っている気配が伝わるが、晴香はあえて黙ったまま、目の前でピザをかじった。

修復チームのメンバーがおすすめするだけあって、ピザは絶品だった。ヨーロッパでしか食べられないような本格的な味である。空腹だったので一枚、二枚と、手が勝手に進んでしまう。三枚目に手を伸ばしたとき、スギモトがぼそりと呟く。

「俺の分も、残してくれているだろうね？」

「え、食べるんですか？」

「さっき俺は、『今はいい』と言っただけだ」

「興味がなさそうだったから誤解していました」

「食べないなんて一言も言ってない」

スギモトはムッとしたようにパソコンを脇に寄せて、一枚を一口で食べてしまった。イギリスではフィッシュ・アンド・チップスをなによりも愛するこの男は、こういう食べものを食べるときは大食い競争でもしているような勢いで、目いっぱいに口に入れる。しかも夕食前とあって、スギモトも腹が減っていたらしい。それならば、こちらが勧めたときに食べると言えばいいのに。

「ところで……俺がなにをしているのか気にならないのか？」

「なにをしているんです？」

待っていましたと言わんばかりに、スギモトは身を乗りだした。

「ルーヴル美術館も石油会社とのつながりがあるのかと思ったが、今のところ、そうした記録はないようなんだ」

「それは、おかしいですね」

晴香は飲んでいたペットボトルをテーブルに置いた。

じつは一般には広く知られていないが、環境活動家が美術館をねらうのには、根深く複雑な理由がある。

とくにイギリスでは、大手石油会社が多額の寄付をした展覧会、ないしは施設が標的にされてきた。つまり、石油によって得られたお金が使われることへの、理由ある抗議活動として行なわれていた。

実際、大英博物館やナショナル・ギャラリーといったイギリスの国立美術館の多くは、石油会社から資金を得てきた。絵画がねらわれてきた背景には、そんなスポンサーシップへの批判があった。

「今回は、単なる模倣犯なのでは？　これまでも美術品を襲撃すると話題性も高まったし、短絡的に抗議活動と結びつけたとか」

「そうかもしれない。でもどうして、あの作品を選んだんだろう？　なぜあの女性は、コローのなかでも、あまり有名とは言えない《カステル・ガンドルフォの思い出》を、あえてねらったんだと思う？」

「そう言われれば」

「しかも今日の犯行は、大きな展覧会がなく来館者の数が少ない時期の、ちょうど監視員が入れ替わる時間帯に行なわれた。計画的だったと考えていい。それだったら、どの絵を汚すのか、というのは犯人にとって一番大事な問題だと思わないか？」

「たしかに」

スギモトからパソコンを借りて、晴香は情報を整理した。

カミーユ・コローは、写実主義のなかでも、バルビゾンというパリ郊外の農村に滞在して自然を描いた、バルビゾン派の一員だった。《落穂拾い》で有名なジャン＝フランソワ・ミレーとも交流した。繊細でやわらかく牧歌的なタッチは、「思い出（スーヴェニア）」というコロー作品の題名にしばしばつけられる言葉にぴったりである。

今回の《カステル・ガンドルフォの思い出》は縦六十五センチ、横八十一センチの油絵であり、イタリアの田舎町カステル・ガンドルフォに旅した経験をもとに描かれた。枝葉を茂らせる大木を、舞台装置のカーテンのように最前景に配置して、その向こうには、聖堂らしき丸屋根の建物が青く霞んでいる。その抒情的な描き方は、見る者を郷愁の世界へと誘いこむ。

類似の作品として、名画《モルトフォンテーヌの思い出》が挙げられる。こちらは六十八歳のときに描いた、コローの代表作であり、ルーヴル美術館でも人気コレクションのひとつだ。題名に同じく「思い出」という単語がついているように、今回襲撃された一点とよく似ている。

「こういう緑ゆたかな自然を守れ、という意味では？」

晴香が答えると、スギモトは顔をしかめて、最後のピザをコーラで飲み下した。

「自然を守れと言いたいがために、コローの風景画をねらった——たしかにそう解釈するのは簡単だ。今日現場を目撃した連中は、一人残らずそう信じただろう。他の可能性を考えるつもりもなさそうだった」

「だって、他にどんな可能性があります？」

スギモトはパソコンの画面を少し自分の方に傾けて、過去に環境活動家が襲撃してきた絵画を、ひとつずつ紹介していった。フェルメール、ゴヤ、モネ、ゴッホ、ルーベンスなど、数々の巨匠の作品が標的にされてきたようだ。今回のように、液体やペンキを投げつけられるというケースがもっとも多かった。

「この手の抗議活動では、作品の内容よりも優先されるのが、絵画や絵描きの知名度そのものだ」

「コローだって、人気のある巨匠です」

「もちろん。だが、もし俺が活動家なら、せっかくルーヴル美術館で犯行に及ぶのだったら、《モナリザ》や《ミロのヴィーナス》を狙う。美術に馴染みがない万人が知っている作品の方が、注目を集めるからだ。百歩譲って風景画だからコローにしたとしても、俺なら代表的な《モルトフォンテーヌの思い出》を迷わず選ぶ」

よく考えるほどその通りだったが、晴香はまだ腑に落ちない。

「《モルトフォンテーヌの思い出》をねらわなかったのは、単に犯人に美術史的知識がなかったからかもしれません。それに、有名な作品であればあるほどガードが堅くなります。担当する監視員も多いし、細心の注意を払われていますから。とくに《モナリザ》の襲撃はハードルが高すぎます」

「ところが、過去に何度も襲われているんだ。一九五六年の投石事件を皮切りに、スプレー塗料を吹きつけられたり、ティーカップが投げつけられたり、ケーキを食らわされたり、さんざんな目に遭ってきた。強化ガラスの展示ケースにおさめられたのは、数々の事件があったからだ。日本でも、東京国立博物館に貸しだされたときに、展示初日に赤いスプレーを吹きつけられそうになったことがある」

「……なるほど。急な襲撃は防げないものなんですね」

反論の余地はなく、晴香は唸った。「ちなみに、昔の事件で実行犯はどうなってきたんです？」

「ほとんどの場合、実際には絵画は無傷だったから、罰金刑で済んでいる。とはいえ、刑事告発され、刑務所に入れられるケースもないわけじゃない。とくにフランスは芸術の国だから、罰則も厳しいようだな」

「そこまでして、どうして？」

「今回の事件と共通するかはわからないが、美術品は人の情緒や激情を煽ることがしばしばあるからね。琴線に触れる、というのか……とくに《モナリザ》ほど全世界の人たちから崇め奉られている作品を目の前にすると、破壊したいという欲望がくすぐられるのかもしれない」

「まったく理解できません」

晴香は背もたれに身を投げだした。

「しかし共感できずとも理解することは、ときに修復士の仕事に役立つ」

「そうですね。事件のあと、スギモトさんが気になっていたポイントは、そのことだったんですか？」

訊ねると、スギモトは表情を渋くした。

「いや、それだけじゃない」

「他にも？」

「額縁だよ。あれは本来、縦長の作品に使われるものだ」

どんな抽象画であっても、絵画にはどの辺を上にするかという向きが定められているが、じつはジャンルによって、縦横のルールがある。たいていの場合、風景画は横長の画面に、肖像画は縦長の画面に描かれる。だからカンヴァスの向きを示すとき、横向きをランドスケープ、縦向きをポートレイトと呼ぶほどだ。

「でも《カステル・ガンドルフォの思い出》は、横長の作品でしたよね？」

「ああ。だから使い方が間違っている」

晴香は、まったく気がついていなかった事実に衝撃を受け、慌てて事件現場を撮影していた私用のデジカメを鞄から出した。額縁がうつっている写真を拡大するが、晴香にはその違いがわからない。

「なぜ縦向きの額だとわかったんです？」

「横向きになった額縁の右側の、真ん中の辺りをよく見てくれ。小さな穴が開いているのがわかるだろ？」

目を凝らすと、釘で打たれたような数ミリほどの微妙な穴が二箇所、数センチ間隔で開いている。

「この跡は、以前ここにプレートがつけられていたという証拠だ。ポートレイト用として縦向きに使用されていたときに、描かれた人物の名前や生没年を記したプレートが打ちつけられていたんだろう」

「本当だ……これは実物を見て、確認したいですね」

「残念ながら、もう専門の修復工房に送られたし、今すぐ確認のしようがない。それに額縁のなかには、どちらの向きでも問題ないように、汎用性の高いデザインが採用される場合もあるから、一概に間違っているとも言えない」

「どうだろうな。キュレーターのジェラールさんは、承知のうえで、あえて選んだんでしょうか」

少なくとも今日の話によると、額縁を取り換えたのは数ヵ月前。単なる偶然なのか、それとも、なにかしら別の思惑がそこには隠されていたのか」

そわそわしたスギモトの表情を見て、晴香は、きっとこの人はすでに後者であることに勘づいているのだろうと思った。

＊

目が覚めると、雨がしとしとと降っていた。雨に濡れたパリの街並みは、色が冷たく霞んでいるが、どこか情緒的でコローの絵画を連想させた。

コーヒーを淹れてサンドイッチをつくって食べたあと、身支度を済ませる。スマホが鳴った。スギモトからのメッセージだった。

〈至急、部屋に来るように〉

普段はルーヴル美術館に別々に通っているので、こんなことを言ってくるのは珍しい。汚されたコローの件で、他にわかったことがあるのだろうか。首をひねりながら、晴香はコートを羽織って、急いでスギモトの部屋をノックした。

ドアから現れたのはスギモトではなく、ずいぶんと久しぶりに会う彼の従兄（いとこ）――マクシミランだった。

「久しぶりだね」

言葉が出てこない晴香に、マクシミランはごく普通の口調で言った。

「マクシミランさん、どうしてパリに？」

ロンドン警視庁美術特捜班の刑事であるマクシミランは、スギモトよりも頭ひとつ分背が高くて体格もよく、四十代半ばと年上でもあった。白髪がまじってほとんど金髪に近く、灰色のシャツに黒いコートを羽織っている。

「こいつは本当に、俺のことが好きなんだよ」

先に答えたスギモトの方を見ながら、マクシミランは肩をすくめて首を振る。

「たしかに、ケントはいつまでも奔放な少年だから心配はしていたけど、追っかけてくるほど暇じゃない」

「じゃあ、なぜ」と、晴香は訊ねた。

「たまたまパリに滞在していたら、昨日ルーヴル美術館で襲撃事件があったと聞いてね。じつはうちのチームでも最近、同じような事件の捜査を扱うことが多いから、プロファイリングのためにフランス警察に問い合わせたんだ。ケントにも、その流れで事件について訊いてみた」

これまでもスギモトは、ロンドン警視庁美術特捜班の民間顧問として、美術に関わる事件を解決してきた。主な仕事は、中東地域から略奪された骨とう品の鑑定や修復だったが、マクシミランのチームにとって、美術に関わる犯罪はすべて対象内だった。

「こっちとしても、ただの修復士が事件について嗅ぎまわるのもおかしいから、マクシミランへの協力という名目で動こうという目論見だよ。マクシミランはフランス警察とのパイプもあるからね」

「なるほど」

「結果として、ハルカさんにも会えて嬉しいよ」

相変わらず気障(きざ)というのか、腹の内の読めない態度に、晴香は面食らう。するとスギモトがパンパンと手を叩いて、「挨拶はその辺にして、さっさと美術館に行くぞ」とコートをとってドアを開けた。

通りは雨が降っているが、傘をささずに歩いていく。従兄弟同士だというスギモトとマクシミランは、こちらにはわからない絆があり、いつも阿吽の呼吸である。必要以上にべたべたしないのに、理解しあっているのが伝わるのだ。マクシミランはスギモトの幼少期のこともよく知っていて、いつも兄のようなまなざしで見守っている。

「今日はコローの絵画を担当しているキュレーターから、話を聞こうと思っている」

歩きながら、スギモトは言う。

「キュレーター？　事件を目撃した監視員じゃなくて？」と、マクシミランはスギモトを見る。

「今回の事件は、黒幕が他にいるような気がするんだ。昨日現行犯逮捕された女は、単なる実行犯にすぎず、誰かにあやつられているんじゃないかってね」

「環境保護団体のトップとか？」

「または、別の誰かかもしれない」

絵画部門の学芸員室は、ドゥノン翼の二階にあった。展示室にさりげなくある古い扉をひらくと、老舗ホテルのような長い廊下に出て、そのうちの一室がコローを担当しているキュレーター、ジェラールの個室だった。

事前にアポをとっていたジェラールは、スギモトが訪ねると、気さくな笑みで出迎えてくれた。ルーヴル美術館に就職してまだ二年目だというが、個室は雑然としていて、業務の忙しさを物語っていた。

スギモトが「彼は、ロンドン警視庁のマクシミランです。私は普段こちらの捜査に協力していて、今回は事件のあった作品について知りたいそうです」と紹介すると、「ウィ、ウィ、ウィ」と相槌をくり返した。

「昨日は大変でしたね」

握手をしながら、マクシミランはジェラールに言う。

「ええ、みんな驚いています。幸い、額縁のおかげで絵が無事だったので、本当によかったと思っています」

「今回の絵は、半年前までは、収蔵庫にしまわれていたそうですね？」

「はい。いろいろと事情がありまして——」

「事情とは？」

マクシミランがやわらかな物腰ながら、すかさず訊ねると、ジェラールは苦笑した。

「ルーヴルには恐ろしい数の作品があります。たくさんの展示室や壁があっても、面積は限られている。だからつねに、どの作品を展示するかというのは、キュレーターのあいだで議論になるんです」

「なるほど。今回の作品、カステル……なんでしたっけ」

「《カステル・ガンドルフォの思い出》です」

「失礼しました。私は美術特捜班の刑事ではありますが、美術の専門家ではありません。その作品が展示された経緯を教えてください」

「ルーヴル美術館は、コローのものを百点近く所蔵しています。作品のみならず、使用していた煙草のパイプや帽子といった、彼の生活を伝える貴重な私物も含まれます。それらすべてを展示するわけにはいかないので、自ずと取捨選択されます」

「今回の作品も、そのひとつだったわけですね」

「ええ、長いあいだ、常設される一軍からは除外されていました。しかし私は、学生時代より《カステル・ガンドルフォの思い出》を研究し、論文も書いてきた。私にとっては、一番好きな作品と言っていい。そこで、ルーヴルの仕事に就いたら、いつか展示したいと夢見ていたのです」

「念願叶って、展示に至ったわけですね」

ジェラールは肯いたが、苦々しげな表情だった。

「なにか引っかかることでも？」

「じつは……展示替えに当たって、コローの他の作品も選別されたのですが、とくに《カステル・ガンドルフォの思い出》については、反対意見も多くありました。贋作(がんさく)疑惑を持ちだした上司がいたせいです」

贋作という予期せぬ展開に、マクシミランはスギモトを一瞥した。

「なるほど。コローの贋作は有名ですからね」

スギモトが言うと、ジェラールは肯いた。

「コローは存命中から市場でも大人気で、晩年の一八七〇年から死後にかけて、大量の贋作が製作されました。しかも通常の贋作は作者が死んだあとに製作されるので、判別の手がかりは多いですが、コローの場合、彼が生きている時代に何千もの偽造品がつくられてしまいました。したがって、正確な判別はおろか、すべてを見つけ出すことは不可能であると言われています」

マクシミランは「個人的な興味ですが」と前置きして訊ねる。

「コロー自身は自分の贋作がつくられることに、抗議しなかったのですか？」

「それが、コローはむしろ、弟子たちに自分の作品をコピーすることを許可し、あとで返却するという約束で貸し出したり、弟子やコレクターが持ってくるコピーに手を加えたり、あげく署名することもありました。そうした背景から、とくに《カステル・ガンドルフォの思い出》は制作年がはっきりしないので、贋作の可能性を指摘されたのです。もちろん、私は否定しましたし、疑惑はすぐに鎮静化したのですが」

ジェラールは苦々しげに表情を歪め、黙りこんでしまった。

晴香はタイミングを見計らい、タブレットで画像を見せながら質問する。

「ところで、《カステル・ガンドルフォの思い出》の額縁を選んだのは、ジェラールさんですね？」

「ええ。ルーヴル美術館の収蔵庫には、額縁専用の部屋がいくつかあって、キュレーターはそこから自由に選択していいことになっているんです」

「その額縁は、どういった理由で選んだんですか？」

ジェラールは一拍置いて、表情を変えずに答える。

「……単純に、美しいと思ったからです。コローの描写する自然とすごく合っているんじゃないかって。なぜそんなことを訊くんです？」

「じつは、あの額縁は従来、縦向きで肖像画用に使われていたと考えられます。そのことはご存じでしたか？」

ジェラールは一秒ほど固まったあと、頭に手をやった。

「まさか……それは気がつかなかったですね」

「なるほど」

「なぜ、そう思われるのです？　あなたは、その、縦向きだったと」

晴香はタブレットを見せながら、昨日スギモトからされたのと同じ説明をした。ジェラールは耳を傾けながら、難しい顔でその画像を睨んでいた。話を聞き終わると、「キュレーターとしたことが、気がつかないなんて失格ですね」とため息を吐いた。ジェラールがあっさりと間違いを認めたので、晴香は拍子抜けする。

そのとき、個室のドアがノックされた。入ってきたのはテレビの取材班らしき、大型のカメラや照明器具を抱えたクルーだった。マイクを持っているのは、キャスター風の女性である。

「おっと、すみません、これから取材があるんです。そろそろ話を終わらせても？」

「取材というのは？」と、マクシミランが訊ねる。

「今回の事件についてです。長く収蔵庫に眠らされ、贋作疑惑をかけられるほど目立たなかった作品ですが、襲撃に遭ったおかげで、世の中の注目を浴びているようです。他にも、立てつづけに取材の依頼があって困惑しています」

そう言いながら、ジェラールは嬉しそうだった。

どうやらスギモトと同じく、なぜ環境活動家がコローの知られざる作品を狙ったのか、という疑問を抱く人は少なくないらしい。キャスターやプロデューサーと話しているジェラールは、意気揚々としている。昨日よりも一層気合の入った、高価そうなスーツと靴を彼が身につけていることに、晴香は気がついた。

犯行現場を見にいったあと、マクシミランは事件を担当する警察署に行くといって、ルーヴル美術館を去った。彼と別れたあと、晴香はスギモトとともに、修復室に向かいながら話しあう。

「ジェラールさんにとって、今回のコローはようやく念願叶って展示できた特別な作品なんですね」

「結果的に、メディアにも注目してもらえて、彼としては棚から牡丹餅（ぼたもち）だろう。じつはマルタンにも、ジェラールのことを訊いてみたんだ」

スギモトいわく、ジェラールは正規のスタッフではなく期限付きの非常勤職員だった。しかもその任期は、あと一ヵ月で終了するところだった。しかし事件が起こったおかげで、契約が延長されたのだという。バルビゾン派のなかでもコローの専門家であり、《カステル・ガンドルフォの思い出》の論文も書いているのは、彼だけだったからだ。今日のようなメディアの取材対応をする他にも、この作品を改めて調査しようという声が内部で上がっていることも追い風になった。

「ジェラールさんには、計画を企てる動機が十分あったわけですね」

「そういうことだ。ジェラールは四十歳を目前に無職になるところだったが、今回の事件で難を逃れた。ただ……もし本当に彼が黒幕だとすれば、さっきはなぜ、あんなにもべらべらとしゃべったんだろう。それに、どうしても気になるのが額縁のことだ。あれに関しては、嘘をついているようには見えなかった」

「単に、スギモトさんの考えすぎでは？」

晴香の意見に、スギモトは答えなかった。

*

その週末、スギモトと晴香は、額縁が送られた修復工房のある、リヨン駅から列車とバスを乗り継いで一時間ほどの、パリ郊外の田舎町を訪れた。晴香にとっては、パリの中心部から出るのは今回の仕事ではじめてだった。

乗り換えたのは、線路が二本しかない小さな駅だった。駅舎は元教会らしく、天井には息を呑む美しさの宗教画が残されていた。観光地でないところでも、思いがけず素晴らしいアートに出会えるのは、フランス旅行の醍醐味かもしれない。

目の前のロータリーで十分ほど待つと、地元の人たちを乗せた小さなバスが現れた。バスは小さな規模の市街地をすぐに抜けて、遠くに雑木林が点在する、広大で平坦な麦畑の一本道を、ひたすらに走っていく。

フランスではどこにでもある田舎の景色なのだろうが、晴香にとっては、バルビゾン派の画家が描いた名画がつぎつぎに頭をよぎり、いつのまにか、まるで絵画のなかに迷いこんだような気分になった。

コローらは、パリのアトリエに閉じこもってアカデミックな絵にこだわった保守派の画家と縁を切って、農村に移り住み、農民とともに生活をしながら、農作業をする姿や大地の四季を描いた革命家だった。

そんな偉大なるコローやミレーが愛した風景が、いまだに守られていることも晴香の胸を打つ。わずかに開いたバスの窓からは、午前中の爽やかな光が射しこみ、冬の乾いた風にまじって土や草木の香りが運ばれてくる。

やがて石造りの平屋や二階建てが並ぶ小さな集落に到着し、二人はバスを降りた。通りには個人経営の小さなカフェやブティックの他、お土産用の風景画を売るアートギャラリーが何軒かあった。そのなかの外観を蔦（つた）に覆われた、一階がショーウィンドウになった大きな建物こそが、額縁の修復工房だった。

一階の店舗スペースでは、さまざまな額縁が販売されていた。旅行者らしき人たちも店内で額縁を選んでいて、パリ近郊では有名な老舗のようだった。壁には隙間なく額縁が掛けられ、新旧さまざまな商品が置かれていた。オーダーメイドもできるらしく、額縁の素材もわかりやすくディスプレイされている。

店員に声をかけてしばらくすると、奥の扉から「お待ちしていました」と、一人の年若き男性が現れた。水色のシャツの上に、紺色のエプロンを身につけている。

「ルーヴル美術館からいらした方ですね？　この店のオーナーのガンヌです」

握手をして挨拶を交わしたあと、ガンヌは店の二階へと案内してくれた。

「この額縁専門店は、私の祖父の代に創業され、パリでも有数の品ぞろえと技術を誇っています。ルーヴル美術館をはじめ、パリのさまざまな美術館から額縁を預かって、修復もしているんですよ」

「一階は店舗で、二階が工房になっているんですね？」と、スギモトは訊ねる。

「もともと旅籠屋(はたごや)だったのを改装したんです。バルビゾン派をはじめ、貧しい画家たちがよく宿泊したところだそうで。額縁職人だった祖父が買い取って改装したと聞いています」

ガンヌは慣れた調子で説明しながら、階段をのぼっていく。

二階はほとんどの壁が取り払われ、広々とした空間になっていた。窓際にはテーブルが並んでいて、何人かの職人が席について修復の作業をしている。国や言語が違っても、こういう同業者の光景を見ると、晴香はホッとする。

「ちょうど、額縁のクリーニングが終わったところなので、いいタイミングでした。あとでご覧いただきましょう。週末には、ルーヴル美術館に発送する予定です。それで、今日は改めて、額縁の話を聞きたいとか?」

「私たちはイギリスを拠点にする修復士で、今は期間限定でルーヴル美術館に出入りしています。今回被害にあった《カステル・ガンドルフォの思い出》についても調べておりまして」

スギモトが説明している最中に、ガンヌは顔をしかめた。

「本当に悲惨な事件でしたね。作品が無事でなによりでした」

「ただ、いろいろと気になる点があったので、今後のためにも、ガンヌさんにお話を伺いたいのです」

「気になる点、とは?」

「あの額縁は、本来、肖像画のためにつくられたのに、横向きで使用されていたのではないかという点です」

スギモトが答えると、ガンヌはぱっと表情を明るくした。

「お気づきになられたのですね?」

「では、その通りでしたか」

「こういう話は、実物を見ながらするのが一番だ。こちらにどうぞ」

空間を仕切っていたカーテンを開けると、例の額縁が白い壁にまるで作品そのもののように飾られていた。写真にうつっていたのと同じ、あるいは、写真よりも金色の輝きを取り戻した状態である。

額縁はいくつかの枠が入れ子状になっており、もっとも外側には鋲を打ったような小さな丸が連続している。内側の一層には、アカンサスの葉や花がうねりながら、立体的な渦巻きを形づくる。そのさらに内側には、装飾のないシンプルな枠があり、そこにプレートが打たれた跡のような穴が開いていた。十センチにも満たない幅のなかに、五つの層が形成された、細密なつくりだった。

「この額縁は、十八世紀頃に、宮廷の肖像画のために制作された、いわゆるルイ十四世様式の一種です。その時代のフランスでは、宮廷を中心にさまざまなデザインの額縁が考案されました」

「ということは、当然、ガラスは後世につけられたものですね？」

「そうなります。見たところ、最近でしょう。正直、あまり腕のいい職人の仕事とは言えませんがね。たとえば、花や葉の装飾は、コンポと呼ばれるパテに似た硬い油性の合成物が使われています。しかしガラスとの接合部には、樹脂がべったりと付着している。これだと劣化が避けられない」

「なるほど。もともとこの額縁は、コローの作品のために制作されたのでしょうか？」

「いえ、それはないと思います」

ガンヌはきっぱりと答えると、工房に飾られている古い額縁や、額縁専門の画集をひらきながら、様式の流れを教えてくれた。

「カンヴァスや油絵具が普及する前の、中世からルネサンスの時代において、額縁は画家が絵筆をとる前に取りつけられ、物理的にも芸術性の面からも分割できないものでした。額縁の枠とカンヴァスが同じ木材から一体化して彫られた例も多くあります」

「カンヴァスが普及して、取り外せる額縁が増えたんですね？」

「ええ。教会に隠されるのではなく、宮廷の社交場で絵が披露されるようになると、貴族たちはこぞって華美な額縁をつけ替えて楽しむようになりました。しかしその時代は、まだ絵画と額縁はセットで制作されることが多かった。古い額縁を好んで、新しい絵にちぐはぐに組み合わせることが流行りはじめたのは、十九世紀頃からです」

「まさに、コローたちの時代ですね」

「たとえば、印象派のルノワールはあえて自らの作品に、アンティークの額縁を選んだことで有名です。しかしそのせいで、額縁が一生涯にわたって同じ絵画と添いとげることも、稀になってしまった」

「添いとげる？」

聞き間違えたのかと、晴香は訊き返してしまった。

「そうです」と、ガンヌは晴香に向かって真顔で肯いた。「絵画と額縁が理想的な組み合わせのままいられる例は、そう多くありません。ましてや、オリジナルの額縁がずっとつけられたままというのは、本当に幸運な例です。それは男女の恋愛や結婚に、よく似ていると思いませんか？」

「ロマンティックですね」

晴香が切り返すと、ガンヌは頭に手をやった。

「すみません、つい額縁のことになると熱くなってしまって」

「いえ、興味深いです。つづけてください」

「最近、額縁はあまりにも、ないがしろにされています。今回の事件でも、実行犯は額縁のことなど考えもしなかったでしょう。標的は絵画そのもの、中身ですからね。結果的に傷ついたのは、この額縁だけでした。幸い、ダメージを受けづらい液体が使用され、ほとんど無傷だったものの、私は憤りを隠せません」

たしかにガンヌの言う通り、画集でも額縁とともに絵画を紹介されている例は、ほとんど思い出せなかった。

「中古額縁がもてはやされたおかげで古い額縁は処分を免れたものの、その反面ひどい犠牲も強いられました。絵に合わせて何度も切断をくり返すという、手荒い作業が行なわれた歴史もあります。今回の《カステル・ガンドルフォの思い出》を飾ったこの額縁も、同じように手が加えられたわけです。挙句、縦向きにデザインされたのに、いつのまにか横向きに使われていたんですから」

そこまで言うと、ガンヌは顔をしかめた。

「ガンヌさんのお話を聞くと、額縁職人による巧みな技とデザインには、改めて敬意を払わなければなりませんね。相棒である絵画と、同じくらいの敬意を」

晴香の率直な感想に対して、ガンヌはやっと笑みを浮かべた。

「わかっていただけて嬉しいです」

「ルーヴル美術館のように、キュレーターが自由に額縁を選べる施設は、フランスにも多いのでしょうか？」と、晴香は訊ねる。

「ええ、そのようですね。だからこそ、浅はかなキュレーターたちのあいだに正しい額縁の知識が普及されることを祈るばかりです」

そのあと晴香たちは、ガンヌから額縁の制作工程や修復の仕方について、現場を見学させてもらいながら説明を受けた。木枠をつくり、漆喰(しっくい)でつくった装飾を取りつけ、筆先で金箔を乗せていく作業など、いずれもフランスならではの技法が採用されていて、スギモトも熱心に見ていた。

＊

ルーヴル美術館には、ピラミッドをくぐる半地下の来館者用エントランスの他に、職員が出入りするための通用口がある。夕方、その日の仕事を終えた晴香が、警備のスタッフに挨拶をして通用口から出ようとしたとき、マクシミランが受付で通行証を返している姿を見かけた。

「ロンドンには、いつお戻りに？」

ふり返ってこちらを認め、マクシミランはほほ笑んだ。

「まだ少し、用事があってね。しばらくパリに滞在する予定なんだ」

ここに来たのはスギモトに用事があったのか、事件に関連することだろうか。そんな風に思っていると、受付にもう一人、女性が立っていたことに気がつく。その顔を見て、晴香は慌てて背筋を正した。これまで数回、晴香も会って話をしたことがあるとはいえ、この世界有数の美術館をトップとして束ねている女性館長、ルイーズだったからだ。

「お疲れさま。ケントと一緒に、マクシミランに協力してくれているそうね？」

「はい、今日は額縁の専門家にも会ってきました」

ルイーズははじめて会ったときから気さくに晴香に接してくれた。上下関係が重視される日本の組織とは違い、ヨーロッパではどの立場でも垣根なくフレンドリーに接する風潮がある。それまで普通に仲良く接していた人が、じつはかなり上の立場にいると、あとから判明して驚くことも多々あった。また、ルイーズのように管理職として活躍する女性も珍しくない。

「収穫はあった？」

「ありました。額縁も無事にケアされていたので、じきに返却されるかと」

「報告書を待ってるわ」

ルイーズは腕時計をちらりと見た。マクシミランに向かって、さりげなく視線で合図をすると去っていく。ほんの一瞬のやりとりだった。それでも、二人が仕事上の付き合いだけではないことは、晴香の目にも明らかだった。

マクシミランが今日ここにやってきたのは、ルイーズに会うためか。しかし事件についてはスギモトとやりとりをしているのだから、わざわざ館長と会う必要があるとも思えない。それとも、二人もまた、前から知り合いだったりして。ルイーズとスギモトとは旧知の仲だというから、おおいにあり得る。

「ケントは？」

マクシミランから質問されて、晴香は「まだ、修復のラボにいます」と答える。

「そう。三人で夕食でもと思ったんだけど」

「よかったら、二人で行きませんか？　お伺いしたいこともあって」

セーヌ川とは反対側の、リヴォリ通りに面した入口から敷地を出て、大通りの信号を渡る。この日はよく晴れたおかげで、夕暮れに沈むパリの街には春の香りが漂う。観光客がごった返している大通りから一本裏道に入ると、近くで働くオフィスワーカーが数名行きかうくらいの、閑静な雰囲気になった。石畳の道を歩きながら、マクシミランは「昔よく通った店が近くにあるから、そこに行ってみようか」と提案してくれた。晴香は「ぜひ」と答える。

「ところで、新しいことがわかった。パリ市内の別の施設でも、最近、似たような事件が起こっていたらしい。その施設は、美術館のように公的な場所ではなく、個人が経営するプライベートなギャラリーで、年に一度だけ一般に公開されるタイミングだった」

「どんな絵がねらわれたんです？」

「奇妙にも、特別展示されていた名画ではなく、ギャラリーの持ち主が個人的に趣味で描いていた風景画らしいんだ。作品に目立った外傷はなく、額縁だけが若干のダメージを受けたものの、修復に出されて問題もなかったから、被害届を出さなかったそうだよ。だから今回そのことがわかるのに時間がかかったんだ」

「なるほど。犯人の手がかりは？」

「防犯カメラの記録を確認したところ、環境保護を訴えるデザインのTシャツを身につけた人物がうつっていた。残念ながら、マスクをして目深に帽子をかぶっていて、性別や人相まではわからなかった。でも持ち主は、今回の報道を見て、同じく風景画だという共通点から、改めて通報したらしい」

「たしかに共通点は多いですね。でも、腑に落ちません」

「というと？」

「私はてっきり、キュレーターのジェラールさんが事件に関与しているんじゃないかと疑っていたので。でも別に、もうひとつ事件が起こっていたならば、ジェラールさんとの関係性が薄れてしまいます」

「まだ同一犯の仕業だと決まったわけじゃないけどね」

マクシミランはスマートフォンをこちらに差しだした。そこには、ジェラールの顔写真付きのSNSのアカウントが表示されており、フォロワーが数万人単位で増えていた。事件のあと、あちこちのメディアに登場したことをきっかけに、ジェラールの人気は巷で急上昇しているらしい。

「ジェラールは正規スタッフになったそうだ。英雄的な扱いをされてね」

「そうですか。実行犯の女性は?」

「任意での取り調べがつづけられている。でもなにも話さない」

考えこんでいるうちに、マクシミランは「あそこの店だよ」と通りに面した小さなビストロを指した。統一感のある伝統的な建物の立ち並ぶ通りの一角に、テラス席が店先に並んでいるのが見える。小さな電飾で彩られたまばゆい内装で、出迎えてくれた店員が、奥の小さな二人席に案内してくれた。

「ここは穴場なんだ。店主が取材嫌いで、ミシュランへの掲載も断っていてね。でも味は素晴らしい」

マクシミランが太鼓判を捺す通り、出される料理はどれも美味しかった。刑事という男臭そうな職業に就いている割に、マクシミランは穴場レストランを知っていたり、エスコートがうまかったりと、優雅な面がある。美術特捜班という一風変わった部署にいることも、それに影響しているのかもしれない。

「こういうお店は、パリをよく知っている人か、この辺りに暮らしている人じゃないと、見つけられないですよね」

「僕もルイーズから聞いたんだ。彼女はパリ生まれのパリ育ちで、根っからのパリジェンヌだから。ひいおばあさんの代からパリに住んでいたそうだよ。そういう意味では、ルーヴル美術館の館長は、彼女にとって天職だね」

さらりと館長の話題が出てきたので、晴香は何度か瞬きをしてから訊ねる。

「ルイーズさんとは、以前からお知り合いだったんですか？」

「僕の妻だよ」

口に含んだワインが喉のおかしなところに入って、咳き込んでしまった。

「ご夫婦だったんですか」

「別居中だけどね。やっぱりケントから聞いてなかった？」

「聞いてません」

「ケントは妙な気の遣い方をするやつだから。ああ見えて、じつはいろいろと気にしてるんだよな」

マクシミランは呆れたように肩をすくめながら苦笑する。その様子を見ながら、晴香は記憶をさかのぼるが、思った以上にマクシミランのことを知らなかった。

「あの……ルイーズさんとは、どういった接点があったんです？」

慎重に訊ねると、おおっぴらな調子でこうつづける。

「ケントだよ。僕の美術系の窓口といえば、ほとんどあいつだから。まぁ、でも、住む世界が違う相手と結婚すると、なにかと苦労するものだね。彼女をパリから連れ出すのは酷だったと、今更だけど実感してるよ。実際、結婚したあとも、たびたび彼女は行き来していたし。僕が気づかなかっただけで、彼女の心はずっと、パリに置きざりにされていたわけだ」

アルコールが回ってきたのか、それとも、別の事情があるのか、マクシミランは珍しく私生活について饒舌だった。

「いや、違うな」

「違う？」と、晴香は訊き返す。

「もちろん、彼女自身の問題もあると思うけど、もっと深刻だったのは、僕の方だったんだろうな。当時は、美術特捜班の立ちあげ直後で仕事漬けだったたし、家庭のことなんて考えている余裕はなかった。そんな僕に、彼女は単純に愛想を尽かしたんだ。結局のところ、僕は甘えていたんだ」

「甘えていた、ですか」

「自分の足りない部分をフォローしてもらってばかりで、相手になにかしてあげようとは考えなかった。未熟だったんだよ。当時の僕は与えられるばかりで、彼女に愛情をあげられなかったわけだ」

いまだに後悔しているような口ぶりで、マクシミランは語った。

結婚したことが一度もない晴香には、ただ相槌を打つしかできないが、ただの他人事として聞き流すわけにもいかない。なにを与えてもらうかではなく、なにを与えられるのかという考え方に、身につまされる気がしたからだ。

「ところで、さっきの、訊きたいことって？」

少し考えて、晴香は笑みを浮かべた。

「やっぱりいいんです」

「……そう？」

マクシミランは不思議そうにこちらを見ていた。

晴香のなかで、もう結論は出ていた。

大英博物館を辞めて、怒濤の日々がやってきて、日本に帰るチャンスさえも蹴って、それでもスギモトのそばにいることを選んだ。それなのに、彼は行先を告げずに姿を消してしまったうえに、パリでなにかを企んでいる。晴香は今、改めて、スギモトに対して恋愛感情など持ってはいけないのだと、はっきりと自覚した。そういった浮ついた感情とは決別して、やるべきことに集中しよう、と。

今のマクシミランの話を聞いて、目が覚めたような気がした。

マクシミランとは、とりとめのない話をしながら食事を終え、とくに事件の話も、お互いの話もせずに別れた。これでいいのだ。そう割り切ったはずなのに、晴香はアパルトマンの自室に戻ってから、眠れない夜を過ごした。

＊

スギモトと晴香は、マクシミラン同行で、以前同じ被害を受けたコレクターのもとを訪れた。パリの高級住宅街に立ち並ぶ集合住宅の一室にあるギャラリーは、年に一度の一般公開以外、普段は社交の場として運営されているという。アポをとって訪れると、持ち主だという女性から話を聞けた。

数ヵ月前に被害を受けた作品は、現在も展示スペースの白い壁にかけられていた。パリ郊外の田園風景を描いた絵で、コローとの共通点はなきにしもあらずだったが、スギモトが着目したのは別のところだった。

「この額縁は、事件当時から使用されたものですか？」

持ち主の女性に訊ねると、それは事件後に交換したものだという。

「前まで使っていたものは、修復に出したあと、倉庫にしまってあります」

案内してもらって、スギモトとともに倉庫に向かう。そこには複数の額縁があった。傷つけられた額縁は、なかでも装飾的なアンティーク風のデザインである。けれども、修復されたばかりのせいか、真新しく最近のものに見えた。

「展示された当時の写真はありますか？」

晴香は持ち主に訊ね、そのときの画像を見せてもらった。

拡大して観察すると、写真にうつった額縁の両サイドには、小さな穴があった。それらの穴は、晴香にも既視感があった。まさに汚されたコローの《カステル・ガンドルフォの思い出》に使用された額縁と、まったく同じ穴だったからだ。

しかし目の前にある、倉庫に眠る額縁には、その穴が見当たらない。

「おかしいですね、修復したときに、ガンヌさんが穴を埋めたんでしょうか」

「いや、違う。そもそもここにある額縁は、事件時に使われていたものとは、まったくの別物かもしれない」

「どういうことです？」

「犯人の目的は、絵を汚すことではなく、額縁そのものだった。実行犯の女性の経歴を、改めて洗い直す必要がありそうだな。マクシミラン、君の力を貸してくれ。犯人の見当はもうついている」

マクシミランはすぐにフランス警察に連絡をとった。

スギモトが額縁工房にとつぜん警察車両で現れても、額縁職人のガンヌはとりたてて動揺するような素振りは見せなかった。スギモトは同行したマクシミランに、少し待機していてほしいと伝えたあと、ガンヌに声をかけた。

「先日はどうも」

「また来ると思っていました」

「覚悟していたわけですね」

「ある程度は」

腹の内の読めない態度のガンヌは、不敵な笑みを浮かべた。

「確証を得るのに時間がかかりました。今回の襲撃事件の黒幕は、あなたですね？　ガンヌさん。環境保護を訴えるためでも、絵画を傷つけるためでもなく、単純に、あの額縁がねらいだった。あなたの工房でそれを修復することがね。だから日頃から顧客として取引している相手を選んだのでは？」

しばらく黙りこんだあと、ガンヌは訊ねる。

「彼女はそのように証言を？」

「いえ」

「それなら、私はなんの罪に問われるというのです？　そもそも器物損壊とはいえ、作品には傷がついていません。単に、間違った使われ方をしていた額縁を修復しただけ。罰せられる筋合いはない。むしろ褒められていいくらいだ」

スギモトが黙っていると、工房でなにかが床に落ちる大きな音が鳴った。ふり返ると、アシスタントらしきスタッフが、やりとりを聞いて動揺したのか、運んでいた額縁を落としたらしい。

「気をつけなさい！　その子には、どのくらいの価値があると思っているんだ」

その子、とまるで人のように表現したことに、晴香は面食らう。前回来たときも「添いとげる」という言葉を使っていた。「申し訳ありません」と、ガンヌより年上のスタッフは萎縮して何度も頭を下げている。

ガンヌは第一印象とは違って、額縁のことになるとカッと頭に血がのぼってしまう性質のようだ。さきほどから額縁を扱うときの視線や手つきにしても、恋人にするような気遣いがあった。ガンヌは呼吸を落ち着かせて、こちらに向き直る。

「それで、私はどんな罪に問われるのです？」

「それは今後、裁かれることです」

「裁く、ですか。だったら、今までの世間の人々の態度は、誰に裁かれるのです？　額縁という存在は、あまりにもないがしろにされてきた。画集をめくっても、額縁までうつっている写真がどれほどあるか？　白いページに絵画だけがカラーで印刷されて、額縁はすべてカットされてしまっている。それを眺めるだけなんて、なんの面白味もないというのに」

「だから、今回の犯行を？」

「まぁ、ボランティアのようなものですね。助けだしてやりたかったんですよ。ずさんに扱われ、まったく価値を無視されている額縁たちをね。あの子たちを救えるのは、私しかいない！」

スギモトは深く息を吐いて、「たしかに」と同意する。

「ガンヌさん。あなたの言う通り、絵画を正しい額縁に入れると、同じ作品でもまったく違ってくるのは事実だ。額縁がつくことで、絵画の深い意味合いに導かれ、構図も引き締まって見える。その効果はときに絶大で、あなたの言っていた通り、完璧な結婚と呼ぶにふさわしい」

「わかってもらえるかな。本来、あの額縁には、別の絵画が入るべきだった。それなのに、愚かなキュレーターたちは、目も当てられないような組み合わせをする。なにもわかっちゃいないんだよ！　支離滅裂な展示をして、画家だけでなく額縁職人や額縁そのものを侮辱している」

どこか芝居がかった口調で、そう息巻くガンヌに、スギモトは冷静に訊ねた。

「でも本当は、それだけではないのでしょう？」

「なんだって？」

「さきほど、〝罰せられる筋合いはない〟と言ったが、本当に、それで済むのかな？」

スギモトの問いかけに、ガンヌは微動だにしない。

「はじめは、ただ額縁をずさんに扱われていることに対する抗議かと思った。ここに私たちが来たときも、額縁への情熱が伝わったからね。しかしそれは、私たちを誤解させるための罠だった。君の純粋な額縁愛から行なわれた犯行だ、と」

スギモトはそこで言葉を区切って、スマホの画面を掲げた。

「君が以前に犯行を企てた額縁だよ。額縁の二次市場をチェックしていたら、案の定、この額縁が、匿名の出品者によって競売にかけられていた。出品者は君だね？　額縁への愛からではなく、単に金欲しさからこの犯行に及んだのでは？」

しばらく沈黙があったのちに、ガンヌはふっと笑みを漏らした。

「コンサバターが捜査に関わるとは、大きな誤算だった。どうやら私は、迂闊すぎたようだね。しかし、ムッシュー・スギモト、君の言うことは間違っているよ。私は金なんて欲しくない。世の中には私と同じように、金銭には代えがたいほど、額縁を偏愛している愛好家がごまんといるんだ。本当に額縁を愛している彼らの手に渡った方が、収蔵庫でホコリをかぶるよりも、何十倍もマシだから――」

「いや、間違っているのは、君の方だ」

スギモトは声を大きくして、きっぱりと反論した。

「あの展示室には、いくつのベンチが置かれていた？」

唐突な質問に、ガンヌは眉をひそめて「急に、なんの話だ？」と言う。

「ベンチの色は？　カーペットの柄は？　照明はどんなものが使用されているか？　それら他の設えが思い出せないようならば、君にあの展示室の額縁について文句をつける資格なんて一切ない。なぜなら額縁は、空間全体と調和すべきものだから。絵画との関係性のみで語るのは間違っている」

冷たい口調で言い放つと、スギモトはマクシミランに向かって肯いた。あとから入ってきた制服姿の警官から「事情を訊かせてください」と言われて、ガンヌは警察車両で連れていかれた。しかし晴香は、腑に落ちなかった。彼女のこと——あの実行犯の女性のことが、置き去りにされている気がしたからだ。

＊

パリの警察署は、「POLICE」という看板とフランス国旗がなければ、どこにでもある普通のオフィスビルに見える外観だった。しばらく入口で待っていると、若い女性が階段から降りてくる。この日は環境保護を訴えるTシャツは着ていないが、痩せっぽちで、目がギョロッとした風貌は、事件を起こした女性に違いなかった。

通りを歩いていこうとする彼女に、晴香は声をかけた。

「最後まで、本当のことを黙っていたそうですね？」

彼女はふり返り、しばらく晴香のことを見つめた。

「あなた、誰？」

「ルーヴル美術館の修復士で、晴香といいます。あなたがコローの《カステル・ガンドルフォの思い出》の前で連行されたときも、その場に居合わせました」

彼女は明らかに怪訝そうな顔をしたあと、無視をして立ち去ろうとする。

「ガンヌさんから話を聞きましたよ」

晴香の一言に、彼女は歩みを止めて、こちらを見た。

「なんですって？」

「近くの公園で、少し話せませんか」

彼女は小さく肯いた。

警察署の裏手には、ベンチの置かれた芝生の公園があった。この辺りはあまり治安がいいエリアとは言えないらしく、灰色に汚れた外壁は、曇った寒空とあいまって物悲しさが漂う。

「あなたはパリ市内の額縁店で働いていましたね？」

彼女は答えなかったが、構わずに晴香はつづける。

「額縁のために、ガンヌさんに頼まれて、犯行に及んだ。警察の調べでは、あなたの銀行口座に動きはなく、現金でも利益はもたらされていなかったようですね。だから単に利用されただけと判断され、仮釈放された」

しばらく沈黙したあと、彼女はようやく口をひらいた。

「額縁にちゃんと目を向けた者は、警察にはいなかった」

「コンサバターなので」

「そう。ありがとう。あなたのおかげで、目が覚めたから」

「目が覚めた？」

「うん」

「あの……あなたにどうしても訊きたいことがあって、今日はここに来ました。どうしてガンヌさんの犯行に協力したんですか？」

「そうね」と言い、彼女は遠くを見た。「警察署では、さんざん取り調べを受けた。誰の指示を受けたのかって。そのせいで否が応でも、ガンヌに協力した経緯を、何度も思い出していたんだけど」

「わからなかった、ですか？」

「少なくとも言えるのは、彼のことが好きだった。警察にも言ったけど、今回の事件は、むしろ私が計画したの。彼には、私から提案したようなものだった。彼が長いあいだ、額縁の扱われ方に憤りを感じていると知っていたからね」

彼女が勤めていた額縁店では、中古品の額縁も販売しており、取引先のひとつがガンヌの工房だったという。お互いの店を出入りするうちに、彼女はガンヌに惹かれた。そもそも彼女も、額縁を愛する一人であったからだ。

「額縁はね、私と同じなのよ」

「どういうところが？」

「一人じゃ生きていけない。誰かに依存して、足りない部分を満たしてもらわないと、存在価値さえもないところがね。私は子どもの頃、父親が何度も変わったの。その都度、自分も新しく変えなくちゃいけなかった。嫌われないように、捨てられないように、怯えながら生きてきた」

公園に冷たい風が吹いて、彼女の金髪を揺らした。

「でもガンヌに出会って、生まれてはじめて、自分のことを理解してもらえたの。彼と一緒にいると、本当の自分でいられるような気がしたわ。だから、自分を犠牲にしてでも、彼のために生きようって誓ったのよ」

「まるで、額縁のように？」

晴香が訊ねると、彼女はうつろな表情で肯いた。

「いつも無視されて、とるに足らない存在だと見做されてきた。そんな人生がどれほどつらいか、簡単に人に理解されるはずがない。でも彼は、それもまた君だと肯定し、私に居場所を与えてくれた。生きる意味を教えてくれた。でも今は、気が変わった。もう疲れてしまったから」

晴香は話を聞きながら、前夜にマクシミランと話したことを、なぜか思い出した。自分の足りないところを満たしてもらえると、愛情と勘違いすることがある。でも他人に埋めてもらったところで、結局、その人と離れれば、穴は開いたままだと気がつく。

「今後どういう結果になっても、処罰はちゃんと受けるつもりよ」

彼女は立ちあがったあと、こちらをふり返って訊ねる。

「ガンヌは私のこと、なにか言ってた？」

「いえ。伝言しましょうか？」

少し考えてから、「要らないわ」とだけ答えて、彼女は去っていった。

誰もいない夜のルーヴル美術館を歩くとき、ルイーズはこの世界に飛びこんでよかったといまだに思う。

†

その気持ちはキャリアを重ねて、世界一の美術館の館長になった今でも、まったく薄れていない。考え事をするときや、気持ちを切り替えたいときには、秘書からつぎつぎに指示を求められる館長室を出て、館内を一人静かに散歩する。

リシュリュー翼をめぐって最後の部屋にある、コローの《カステル・ガンドルフォの思い出》の前に辿りついた。

奇しくも、カミーユ・コローはルイーズにとって、もっとも好きな巨匠の一人だった。印象派ほどの派手さはなく、かといって、新古典主義ほどの格式高さもなく、ロマン主義ほど自己陶酔的でもなく、とはいえ自由で、生きることの素晴らしさを教えてくれるような気がするからだ。

若い頃は、コローになんて目もくれなかった。むしろ、抒情的すぎると毛嫌いしたくらいだ。だから美術史上重要な作品についてばかり論文を書き、個人的にも、難解な絵画を好んだ。しかし年をとるにつれて、コローの風景画に惹かれるようになった。それは一見シンプルでありふれた風景を美しく捉えたものこそ、なにより貴重だと、身をもって学んだからだろう。

ルイーズは展示室のベンチに腰を下ろして、《カステル・ガンドルフォの思い出》をじっくりと鑑賞した。

今、この名画は新しい額縁におさめられている。それはルーヴル美術館の、額縁専用の収蔵庫に長らく眠っていた、アンティークの額縁である。

調査によると、ルネサンス期のイタリア人建築家ヤコポ・サンソヴィーノがデザインをした、いわゆる「サンソヴィーノ様式」と呼ばれる、きわめて価値の高いものだった。単なる室内装飾とはいえ、建築物の一部として考えられた額縁は、多くの名品が建築家によって手がけられた。この額縁も例外ではなく、こうして鑑賞していると、装飾は少ないが、絵画をうまく引きたてているのが、よくわかる。

記録によると、百年以上前にルーヴル美術館の持ち物となった額縁だが、長いこと本来おさめるべき絵画を特定することができず、そのままになっていたとか。館長になってまもないとはいえ、ルイーズはそんな勿体(もったい)ない事実に驚かされた。その辺りのやり方も、今後改革が必要そうだ。館長というのは、気の休まらない仕事である。

今回、この額縁を引っ張りだしてきたのは、スギモトだった。というのも、仮釈放されたガンヌの工房にふたたび会いにいって、コローの作品にぴったりの額縁を、彼にわざわざ訊ねたのだという。

——なぜそんなことを？

——彼は、今後も役に立ちそうだからね。

実際、驚かされた。ガンヌはこれまでルーヴル美術館のさまざまな額縁を修復してきた経緯もあって、どの職員よりも正しく、あらゆる額縁を把握していたからだ。スギモトの報告によれば、彼はほとんど正確に額縁のリストを頭に描けるらしい。

とはいえ、ガンヌは一度、ルーヴル美術館の額縁を不法に転売しようとした、いわば犯罪者である。そんな相手の意見を素直に聞いてしまっていいのか。もしそのことが外部に漏れてしまえば、どうなってしまうか。政府やスポンサーを務める企業から責任を問われるかもしれない。

——悪いけれど、館長として、その要求を受け入れるわけにはいかない。

きっぱりと答えると、スギモトはこう反論した。

——しかし今回、もし僕が真犯人を見抜かなければ、今頃、コローの絵画には、レプリカの額縁が使用されていたのでは？

たしかにスギモトの言う通りであり、ルイーズは最後まで反対できなかった。こうして誰にも知られないことを祈りながら、言われた通りに、ガンヌの指定した額縁を採用しているのだった。しかし改めて見ると、これ以上しっくりくる額縁はない、と思えるくらいに《カステル・ガンドルフォの思い出》とうまく調和していた。

ガンヌの能力には呆れを超えて感心するが、それを見抜いたスギモトにも参った。

昔から、スギモトは厄介な男だった。

まず、美術業界では珍しいほど、少年のように自由奔放な面があった。整った顔立ちと軽妙な話術で、まわりを巻きこむのもうまい。ルイーズが知る限りでも、業界での浮いた噂を耳にしたことは、一度や二度ではなかった。

トラブル・メーカーでもあるので、大きな組織には馴染まない。実際、マルタンともぶつかった。人間的に癖がある、と言ってもいい。彼の魅力でもあるアンバランスさが、一部の人を不安にさせるのだ。だからロンドンから呼び寄せるべきなのか、真剣に悩んだ。

しかし、なんといっても、修復の腕で彼の右に出る者はいない。単に手先が器用で忍耐力があり技術が優れている、というだけではない。それだけなら他にも優秀なコンサバターはたくさんいる。観察眼——真理を見抜いて最良の選択をし、あるべき姿へと導く能力が、ずば抜けているのだ。それは修復士としての天性だった。

そう、作品をあるべき姿へと導く能力——。

今、ルイーズの頭をもっとも悩ませるあのことも、スギモトならなんとか解決してくれるのではないか、と期待してしまう。

だから、わらにもすがる想いで、マクシミランに連絡したのだった。

まだスギモト本人は、なぜ自分がルーヴルに招聘されたのかを知らない。

——いい加減、あいつと仲直りすれば？

偉そうにも、コローの事件が落ち着いたあと、そう助言された。くだらない。今は、そんなことに時間を割いている場合じゃないのに。むしろ、スギモト自身の方が、晴香というパートナーとの関係に、きちんと向き合うべきではないかと、傍から見ながら思うときがある。

ルイーズは呆れながらも、スギモトの助言が頭から離れず、気がつくと、スマートフォンを出していた。

まぁ、事件の調査にも関わってくれたようだし、お礼くらいは伝えておこう——。

そう思いながら、マクシミランの名前をタップする。

「もしもし」と、すぐに返答があった。「まさか、君から電話がかかってくるとは思わなかったな」

「あなたって、暇なの？」

「言っただろ？　こう見えて忙しいんだって」

「ふうん、そうは見えないけど」

しばらく沈黙してから、こう切りだす。

「ありがとう。捜査に協力してくれたそうね」

「こちらこそ、勉強になったよ。今回のケースについては、ロンドン警視庁でも共有する予定だ。昨今、似たような事件が多いからね」

「そう」

またしても沈黙した。ルイーズはずっと訊きたかったこと――息子とどんな話をしたのか、ロンドンではどんな生活を送っているのか、パリにはいつまでいるつもりなのか――を口にしようとしたが、数秒違いで彼の方が先に質問した。

「ところで、なぜケントをルーヴル美術館に呼んだ？」

思いがけない方向に話が転んで、ルイーズは気を取り直すようにスマートフォンを持ちかえる。

「なぜって修復をしてもらいたいからよ。こうして働いてもらうためにね」

「でも、それだけじゃないんだろう？　君のことだから」

その聞き方は、どこか刑事っぽかった。普段はそんなことはないのに、急に詰問するような口調になるところが、別居を考えはじめた頃、とくに不愉快だったことを思い出す。しかもその質問がけっこう鋭いところを突いてくることも、ルイーズは気に食わなかった。

「そうね。もう少しすれば、ちゃんと彼に話すつもりよ。それまでは、あなたにも言うわけにはいかない」

きっぱりと答えると、マクシミランは数秒あってから、困ったように言う。

「今は、いくら訊いても、教えてはもらえなそうだな」

「よくわかってるじゃない」

「それは、ルーヴル美術館に関すること？」

教えないって言ったのに——。苛立ちながら、ルイーズは仕方なく答える。

「イエスとも言えるし、ノーとも言えるわ」

ふたたび気まずい沈黙が流れた。

「とにかくルーヴル美術館には、何十年、何世紀にもわたって守られてきた秘密があるのよ。誰も知らなくていい秘密がね。だからこそ、ルーヴルはルーヴルとしての威厳を保ってきた」

「そして君は、その秘密を守るために、館長を務めているわけだ」

「そうね。あなたは、あまり祝福してくれなかったけれど」

自分でも嫌味っぽい口調だと思った。怒らせただろうか。しかしマクシミランは声を荒らげることもなく、冷静に答える。

「いや、君がルーヴルの館長になって、一番嬉しかったのはたぶん、僕だよ。君の夢が叶うことは、君と同じくらい、いや、君以上に僕の喜びだったから」

「口先ではどうとでも言えるわ」

そう否定しながらも、たしかにマクシミランは昔からそういう人だったかもしれないとも思う。いや、もっと正しく言うならば、自分は彼がどんな人だったのか、本当に理解していたのだろうか。彼がどんな人なのか、一応妻のくせして、自分はなにひとつ知らなかったのでは。

それ以上なにを話せばいいのかわからなくなったとき、タイミングよく秘書からのキャッチが入った。ルイーズは「じゃ、切るわね」と言って通話を終わらせると、しんみりした気持ちを切り替えるように、秘書からの問い合わせに明るい声で応じた。

第四章

ショパンと雨

CONSERVATOR

その監視員は人が入ってくるたび、動悸がするようになった。

天井の高い展示室で足音を耳にしただけで、冷や汗をかき胃がかすかに痛むようになったのは、一ヵ月ほど前にここルーヴル美術館で、絵画に妙な液体がかけられる事件が起こってからだった。

あのときは非番だったし、目の前で事件を目撃したわけではない。担当の展示室でもなかった。それでも、なにも起こらないだろうと油断していた自分は、大きな衝撃を受けた。もしあの液体が、硫酸やガソリンだったら。火をつけられ、人に危害が及んでいたら。今までは、そんなことはあり得ないと高を括っていた。入口では、X線による厳重な持ち物検査がなされ、危険物の持ち込みは簡単ではない。

でも、たしかに起こったのだ。あり得ないことが。

だからこそ、誰かが展示室に入ってくると、身構えてしまう癖がついた。この展示室はシュリー翼の三階に位置する。ルーヴルを一日で回ろうとする忙しい観光客からは、時間がないので省かれることの多いエリアだった。わざわざ三階まで来るよりも、ひとつ下の階の有名な大作や、ギリシャ彫刻の名品を見にいこうと考えるらしい。

けれども、ここを見逃すなんて勿体ない、と監視員はしみじみと思う。

この展示室に集められているのは、ロマン主義を代表する十九世紀の画家、ウジェーヌ・ドラクロワの作品群だった。

世界中の美術館では、よくドラクロワの個展が開催されているようだが、この部屋と比べれば、どれもたいしたことはない。数十メートルの広い空間に、四十点近い絵画が展示されているが、その半数以上がドラクロワのものであり、それ以外もドラクロワになんらか関連のある作家や作品だった。

階下に展示されているルーヴルの目玉作品《民衆を導く自由の女神》こそが、ドラクロワの真骨頂だという人もいる。横三メートル余り、縦二メートル半余りの文字通りの大作は、見る者を激しく圧倒する。

けれども、ドラクロワの神髄を知るには足りない。ここに来なければ、真のドラクロワを見たことにはならないとさえ、監視員は信じていた。ここにいると、ドラクロワの息遣いが聞こえてくるようだ。壁に採用された赤色は、「色彩の魔術師」と呼ばれたドラクロワの作品を、最大限引き立てている。

そんな展示室に、一人の紳士がやってきたのは、夕暮れの時間帯だった。

美術館がもっとも混雑するのは、午前十時から十一時頃と、午後二時から三時頃である。とくに三時を過ぎれば、よほどのブロックバスターを企画展示していない限り、徐々に客足は引いていく。この日も例外ではなかった。

紳士は見るからに、お金持ちそうだった。旅行客にありがちなカジュアルすぎる服装ではなく、美術館の荘厳な雰囲気にも負けないくらいのスーツをまとい、髪型もきちんと整えられている。履いている靴には傷や汚れひとつない。その靴音も、どこか高級感を帯びているように聞こえた。

彼はゆっくりと展示室を見回すと、迷わずに一点の絵画に向かって歩きはじめた。その先にあるのは、一枚の肖像画だった。ドラクロワが、唯一無二の友人だった作曲家を描いた作品——《フレデリック・ショパン》である。

高さ約四十六センチ、横三十八センチという小さな絵画でありながら、展示室のなかでは強い存在感を放っている、知る人ぞ知る名画だ。なんせ、天才が天才を描いたのだから。これぞ才能のぶつかり合いだ。描かれたときのことを想像するだけで、音楽好きでもある監視員は、ロマンティックな妄想にうっとりした。

紳士はしばらくその《フレデリック・ショパン》の前で、食い入るように鑑賞していたかと思うと、おもむろに手を伸ばした。

いけない——咄嗟に監視員は思った。

一ヵ月前の事件のことが、脳裏をよぎったのだ。

「失礼ですが」

すぐさま近づいて、紳士に声をかけた。

紳士はわれに返ったように、こちらを向く。

「この規制線を越えないでください」

監視員は、壁から数十センチ離れたところに、まっすぐ引かれた白い線を指した。

「わかっている！」

やたらと大きな声の、英語だった。

紳士は監視員が肩に触れようとした手を、乱暴に振りはらった。

これは厄介な来館者かもしれない、と監視員は身構えた。そして最近、改めて部署内で確認をしたマニュアルを頭に浮かべる。

すると紳士は、思いがけないことを口にした。

「この絵画について、問い合わせたいことがある。上の者を呼んでくれたまえ」

いきなりなにを言っているのだ。しかし監視員は、慣れっこだった。ルーヴル美術館には大袈裟ではなく、世界中からさまざまな人がやってくる。横柄な人、勘違いした人、対応に困る人――。

「解説であれば、ツアーに申し込んでいただくのがいいかと。あるいは、簡単なことであれば私でも答えられるかもしれません」

笑顔で答えたのに、紳士はムッとしたように顔をしかめた。

「わしが話したいのは、君じゃない。二度言わせるな。上の者と話したい。手始めに、館長を呼んでくれ」

思わず口をあんぐりと開けて、しばらく紳士を見つめてしまう。

これでは手に負えない。いきなり「館長を呼べ」だなんて、非常識にもほどがある。しかし完全に無視できないのは、この紳士の身なりが、近くで見るほどにお金がかかっているとわかったからだ。ちょっとした隙間からブランドのロゴが覗き、腕につけた時計も煌びやかで、庶民とは縁のない代物だ。同時に、そういう「金がかかっていますよ」というメッセージを過剰なまでに発信していることに、悪趣味さも感じた。

「恐れ入りますが、お名前をお伺いしても？」

「コペンハーゲンの王様とでも言えば、わかるだろう」

そう言って、紳士は豪快に笑った。

「もっと言えば、わしはこの絵画の、真の持ち主だ」

いったいなんなのだ、この男は——。

自分のなかの警戒心が反応し、とりあえず、判断を上司にゆだねることにした。すぐさま監視員をとりまとめる上司に無線で連絡をとる。案の定、上司は意味がわからないというような反応をしながらも、その場にやってきた。するとようやく、紳士は名刺を手渡した。その名刺を見て、上司は血相を変えた。

「少々お待ちください。館長の所在を確認いたします」

その反応を満足げに見つめながら、〝コペンハーゲンの王様〟はこちらに言う。

「だから言っただろう」

この紳士の正体は、いったい誰なのだろう。同時に、なんだか嫌なやつだな、と監視員は心のなかで悪態をついた。

迷宮のようなルーヴル美術館のなかでも、もっともややこしい場所にあるのが、館長室である。元は王の書斎だったらしく、急な襲撃に備えて、あえてわかりにくく配置されているとか。とはいえ、すぐに避難もできるように、通用口から直通の廊下を通ればものの五分ほどで外に辿りつける。もともと王族が住んでいたとあって、ルーヴルの館長は特別にここに引っ越すこともできるが、ルイーズは断っているらしい。

その日、朝から館長室に呼びだされたスギモトと晴香は、秘書に出迎えられ、ルイーズのもとへと案内された。

机の背後にそびえる書棚には、統一感のある古い背表紙がずらりと並んでいた。机はマホガニー材の重厚なもので、書類一枚なくきれいに片づけられている。脇には、赤い織物のカーテンがひらかれた窓があり、春の雨が降りしきるパリの光景が一望できた。その前で腕組みをしながら立っていたルイーズは、こちらをふり返って、スギモトと晴香に目の前のソファにかけるように示した。

「ルーヴル美術館に出入りするようになって三ヵ月、どう？　そろそろ慣れてきたかしら」

「おかげさまで」

スギモトが浮かべた不敵な笑みに、ルイーズも口角を上げた。

「でももっと重要なのは、ここからよ。あなたたちに折り入って、関わってほしいプロジェクトがあるの」

「折り入って、とは？」

「まだ、正式に動いてはいないのだけれど、いわば下調べとして、先に可能性を探ってほしいことがある。そういうことは、正規社員には案外、頼みづらかったりする。それぞれ仕事を手いっぱいに抱えているからね」

「ずいぶんと勿体ぶるね」

スギモトは目を細めて、顎の辺りに手を当てた。

深く息を吐いたルイーズは、晴香とスギモトを交互に見ながら、こう言った。

「ショパンの肖像画を、復元してほしいの」

「それは、ドラクロワが描いた、あの肖像画ということかな」

ルイーズは肯いて、資料を二人に手渡した。

そこにはドラクロワによる《フレデリック・ショパン》に関する概要――作品画像、一八三八年という制作年やサイズ、素材、使用されている額縁、来歴、裏面の写真も掲載されていた――に合わせて、数十ページにわたる代々の調査歴を記したコンディション・レポートも添付されている。

「もしや、切り離されたふたつの絵画を、元に戻すわけじゃないだろうね」

スギモトは冗談のつもりで言ったようだが、ルイーズは笑わなかった。

「そうだと言ったら？」

「いやはや、参ったな」

スギモトは真顔に戻り、額に手を当てた。

ピアノの詩人と呼ばれる偉人、ショパンの顔をアップにして描かれたこの肖像画は、じつはショパンのかつての恋人であった、フランスの女流作家ジョルジュ・サンドとともに描かれた二重肖像（ダブル・ポートレイト）だとされている。ドラクロワのアトリエには、二人を同じ画枠におさめたスケッチが、何枚も残されていたからだ。

スケッチによると、ショパンはピアノを演奏し、その傍らでサンドは自身の趣味だった刺繍（ししゅう）をしながら耳を傾けている。ドラクロワは親しかった二人の友人が、恋人同士だった頃の姿を描き残したのだった。

この絵画は未完に終わり、ドラクロワの死後になって、ようやくアトリエから発見されたが、その際ショパンとサンドの部分は切り離された。現在サンドの腰から上の部分を描いたカンヴァスは、コペンハーゲンの美術館の管理下に置かれている。一方、ショパンの姿は顔のみに切りとられ、ルーヴル美術館が所蔵する。

なぜ両者が切り離されたのかは、美術史上稀に見る謎のひとつとされる。

一説では、その絵画を発見した画商なりディーラーなりが、ふたつに切り離して売りさばいた方が儲かる、と安易に判断したからだとか。ナイフを入れた者は、よほどの素人だったのか、二人がともに描かれていることに我慢ならなかったのか、真相は定かではない。数々の研究者が解明を試みてきたが、一世紀以上前のことでもあり、重要な手がかりはまだ発見されていない。

「たしかに一度切り離された絵を元に戻すというのは、そう珍しくはない。ただし、この二作に限って言えば、切断されてから相当な年月が経過して、今では別々の作品として世の中にも認知されている」

スギモトの言う通りだった。

そもそも全体像がわからない限り、両者の端と端をくっつけて終わり、という単純な話ではまったくない。ただ二分されただけではなく、その他のパーツも存在していたかもしれないからだ。むしろ、ショパンの顔とサンドの肖像が「切り抜かれた」と考えた方が正確だろう。そうなると、まずはなにが描かれていたのかを推測する作業が必要になるが、多くの研究者によって手垢がつくほど試みられた謎解きを、今更くり返しても新たな発見があるとは思えなかった。

スギモトも同じことを考えたらしく、ルイーズにかいつまんで説明をした。

「仮に、わからない部分を空白にしたとしても、ショパンとサンドの部分は、コンディションが大きく異なっているはずだ。別々の作品としてとなりに置いたとしても、統一感が生まれるかもあやしい」

「とにかく、あなたは難しいと考えるわけね」

「ああ。それに最大の懸念は、可逆性の無視だ」

可逆性、つまり手を入れたとして元の状態に戻せること——それはプロフェッショナルの修復士にとって、大原則の心構えだ。

「もちろん、私もわかっているわ。ただルーヴル側としては、切り離されたふたつの絵を再会させられれば、集客がねらえると踏んでいるのよ」

「まぁ、それは否めないね。たしかに俺も見てみたい」

スギモトがあっさりと認めると、ルイーズは目を見開いた。

「でしょう？」

「ただ、仮にひとつの絵画に戻したとして、所有権はどちらになる？」

「サンドの持ち主は、自分のものだと主張しているわ。というのも、サンドの方が面積が大きいからって。もちろん馬鹿げているし、聞き入れられない。でもここだけの話、サンドの持ち主には長年アプローチをつづけてきたの。共同で調査に協力してもらえないかってね。それで今回、はじめて前向きな答えをもらったというわけ」

「前向き、と言えるのかどうか」

スギモトは肩をすくめたが、ルイーズとしてはうまく交渉を進めてコレクション研究のきっかけにしたいらしい。なによりルーヴル美術館では、ドラクロワの大規模な回顧展を開催予定だった。

「つまり、相手方との交渉も含めて、実作業の前に、選択肢を探ってほしいということだね？」

「その通りよ。サンドの持ち主は、はるばるコペンハーゲンからこちらに来ているらしいから、メールで連絡先を送っておくわ」

ルイーズは資料をまとめて、スギモトに差しだした。


特別に席を設けてくれるという、絵画修復用のラボに向かいながら、スギモトは「いっそ人工知能にドラクロワの色使いを学習させて、新しく描き直させたらどうだ」と、呆れるように言った。

「以前、狩野派の屏風を復元したとき、中国の専門家が実践していましたよね。あとは、最近もそういう記事を読みました」

「レンブラントの《夜警》だな」

「そうそう」

横幅が四メートル以上にも及び、室内に飾るにはあまりにも大きすぎるレンブラントの名作《夜警》は、後世に端の方が切られてしまった経緯がある。そこでＡＩを用いて復元をするプロジェクトが行なわれた。

「しかし今回は、実物を元に戻したいというわけだから、話が違ってくる」

「そうですね……そもそもどうして切られたのか、というのも気になります」

スギモトは肯いた。

「俺の記憶によると、ショパンとサンドの肖像画は、とにかく謎が多いんだ」

国際的な評価を得たフランスの女性文学者といわれるジョルジュ・サンドは、男装をして煙草をふかし、社交界ではさまざまな浮名も流していたという。そして一八三六年、パリでショパンと出会う。

「ショパンにとって彼女の第一印象は最悪だったようだね。サンドの方が年上で男性経験も豊富だから、純粋なショパンには強烈すぎたんだろう」

「でもその後、惹かれあったわけですね」

「ショパンがわずらっていた肺結核が深刻化するまで、約十年にわたって関係がつづいたと言われる。それに、ショパンの傑作の多くは、サンドと交際した時期につくられたとされるから、互いに刺激を与えあう関係だったのだろうな」

「稀代のビッグカップルですね。とくにサンドはショパンの才能に惚れこんで、そばで応援しつづけたなんて献身的です」

「肯定的に捉えればね。でも裏返してみれば、サンドと交際したせいで、ショパンは寿命を縮めた、サンドがショパンを不幸にしたという意見もある」

「女性への偏見もまじっていそうですが」

「否めないな」

二人の芸術家を、ドラクロワという別の才能が捉えたこの絵は、どんな状況下で、どういった手順で制作されたのかも、謎のヴェールに包まれている。

ドラクロワにとって肖像画は、注文を受けて制作するものではなく、友人や恋人のために描く、きわめて私的なジャンルだった。ドラクロワは二人の二重肖像を描くためにわざわざ借りたピアノをアトリエに運び込んだという記録が残っている。だが、結局この絵画は完成せず、とくにピアノの部分はほぼ描かれずに終わった。

「ところで、マクシミランとなにを話した？」と、スギモトから訊かれる。

「別に、なにも」

「おかしいな。あいつからは、元気がなさそうだったと聞いたぞ」

「え？」

「言いたいことがあるなら、はっきり俺に言えばいいじゃないか」

マクシミランはさすが刑事だけあって、晴香の複雑な心境を見抜いていたらしい。晴香は否定のしようもなく、ただ黙々と歩いた。

「私はただ……」

急に姿を消して、連絡もなく心配させたことは、何度謝られても誠実さを感じられない。それから、自由すぎる仕事のスタイル。でも困惑していると打ち明けたところで、スギモトの性格が変わるとは思えない。できるのは、晴香がただ覚悟を決めて、彼の特性を受け止めたうえで、距離を置きながら接することだ。

「マクシミランさんの思い過ごしです」

スギモトはしばらく無言で見ていたが、「そう」とだけ言って、さっさと先に行ってしまった。

＊

その日の午後、ルイーズとともに、スギモトと晴香は老舗ホテル「ル・ムーリス」を訪ねた。ルーヴル美術館から徒歩圏内にあり、チュイルリー公園の目の前にある、〝パラスホテル〟のひとつだという。

「パラスホテル？」

晴香が訊ねると、スギモトが説明する。

「パリのホテル業界では、最高の称号だな。五つ星のさらに上位に格付けされるんだ。立地のよさやサービスの質だけでなく、歴史的、美術的な文化遺産としての価値も兼ね備えていることの証明にもなるらしい」

「さすが、芸術の都」

ル・ムーリスには、十九世紀英国のヴィクトリア女王を皮切りに、各国のロイヤル・ファミリーが顧客として名を連ねているという。それだけでなく、芸術家にも愛されており、ダリがパリの定宿にしていたことでも有名で、ピカソも結婚披露宴をひらいた。

たしかに、一歩足を踏み入れたとたんに、ヴェルサイユ宮殿そのものといった空間が広がり、貴族気分を味わうことができた。外観は、通りの多くの建物と統一しているので、宮殿らしさはさほど高くなかったが、内装は贅沢の極みが尽くされていた。

天使が昇天しながらたわむれる様子を描いた天井画に、金色に縁どられた装飾的な窓。そして細緻な構造をしたシャンデリアが、光だけでなく華やかさをもたらす。天井画もシャンデリアも、すべてが重要文化財になっているのだとか。

「まさに『ベルばら』的」と、思わず晴香は呟く。

「こっちが本家本元だけどな」

「こういうところに泊まるには、どのくらいお金がかかるものなんです？」

晴香の疑問に、スギモトは当たり前のように答える。

「一番安い部屋だと、一泊二千ユーロくらいじゃないか」

三十万円！　内心、仰天してしまう晴香だが、スギモトは当たり前のように「もっと高いホテルもあるぞ」と言う。一週間泊まれば二百万を超える。こんなホテルには、もう二度と訪れる用事はないかもしれない。

平静を装いながら、エントランスホールを通り過ぎて、一階にあるカフェに向かった。そこに待っていたのは、メディアでその顔写真を確認してきた、身なりのいい金髪の男性——イェンス・ハンセン氏その人に違いなかった。

ハンセン氏は、コペンハーゲンにて《ジョルジュ・サンド》の肖像画を所有する美術館に多額の寄付をしている大物であり、実質的には、美術館のあらゆる決定権を握っているというのが、業界での噂だった。

「ごきげんよう。お久しぶりね」

ルイーズが先に話しかけると、ハンセン氏は席から立ちあがることもなく、やたらと大きな声で言った。

「相変わらず、君には待たされる」

晴香はこっそり時計を確認するが、待ち合わせ時間よりもまだ五分早い。そちらが勝手に時間よりも早く到着しただけではないか、と内心憤る。しかしルイーズは反論せず、笑顔で向かいの席についた。

「こちらは、今回ドラクロワ作品の修復を担当する、修復士の二人です。専門的な話にもなるだろうから、今日は同席してもらうことにしました」

「イギリスの修復士と聞いていたが、アジア人じゃないか」

ハンセン氏は不躾に、スギモトと晴香のことを、交互にじろじろと眺めた。大きな青い目は長いまつ毛に縁どられていた。目力というのか、まっすぐに見られるとなぜか気圧される。睨まれているわけではないが、見透かされるようで迫力がある。

「ケント・スギモトと申します。英国と日本の両方にルーツがあります」

「私はとくに人種差別者ではないし、君たちがどこの国の者でもいっこうに構わないが、今回われわれの大切なコレクションに触れるわけだから、十分に注意を払ってもらわないと困るよ」

「もちろんです」

ハンセン氏の横柄な態度にも、スギモトは笑顔で答えたあと、こう訊ねる。

「《ジョルジュ・サンド》は一週間後に、コペンハーゲンの美術館の職員とともに、こちらに到着するそうですね？」

「ああ、私は反対したのだがな」

「反対？」

「すべての作業をコペンハーゲンで行なってほしいと主張したのだ。それなのに、こちらのマダムがそれはできないとの一点張りでね」

ハンセン氏はルイーズを一瞥した。

「ひとつお伺いしたいのですが、なぜ今回、《ジョルジュ・サンド》と《フレデリック・ショパン》を再会させることにしようと？　《ジョルジュ・サンド》はかれこれ百年以上、デンマークにあったはずです。それを今になって元に戻そうと決意なさった理由は？」

スギモトが投げかけた質問は、今回もっともハンセン氏に訊きたいことだった。

ハンセン氏は真っ白なクロスの上に置かれた、煌びやかに装飾されたティーカップを持ちあげ、一口飲んだ。

「私は若い頃、ピアニストを目指していたことがあってね。不運にも、私にはプロとして活動するだけの才能が足りなかったが、音楽にはことさらに強い思い入れがある。わけても愛してやまないのが、ショパンだ」

そう言って、ハンセン氏は不敵に笑った。

「実際、美術館への投資の他に、コペンハーゲンの音楽学校や楽団にも、経済的な援助を行なっている」

「存じあげております」

ルイーズが答えると、ハンセン氏は「ふんっ」と鼻を鳴らした。

「君たちはあくまで研究者。身銭を切って、芸術を守ろうとする私たちの気持ちが、君たちにわかるわけあるまい。私にとって、《ジョルジュ・サンド》の肖像は、本当はショパンとともにあるべきだと知った日から、長年の夢になった。どうにかして、あるべき姿のショパンに戻してやりたい、それを一目でいいから見てみたい、とね」

「しかしわれわれルーヴル美術館も、これまで何度か、あなたにご提案をしてきたではありませんか?」と、ルイーズはどこか苛立ったように言う。

「提案だって? いずれも私たちコペンハーゲン側にとっては、不利な条件を一方的に突きつけられたにすぎなかった。だから最近では門外不出にしていたのだ。しかし最近になって気がついたのだよ。行動に移さねば、何事も叶わないとね。この絵を元に戻したいという夢を実現させることにしたのだ」

ハンセン氏はテーブルの上で手を組んで、ルイーズを睨みつけるようにしてつづける。

「私はこれまで、さまざまなビジネスで不可能を可能にしてきた。ショパンを、そしてドラクロワが描いたあの二重肖像を、私ほど命がけで守ろうとしている者はいない。だからこそ、今回は一歩も引く気はない。引き離された絵を元に戻してみせる」

反論しようとするルイーズを、スギモトが制止した。

あいだに入るように、スギモトは言う。

「おっしゃる通り、元に戻す方向で進めるとしても、まずは、どういった経緯で切り離されたのか、また、実際はどのような作品だったのかを、慎重に調査する必要があります。その結果を聞いたうえで、最終判断をしていただければ——」

そのとき、カフェに入ってきた二人組の客が、まっすぐ近づいてくるのが見えた。彼らは迷いなくハンセン氏の脇で立ち止まると、「イェンス・ハンセンさんですね?」と声をかけてくる。「私たちはコペンハーゲン・タイムズの者です」

ハンセン氏の地元、デンマークの記者のようだった。手に持ったレコーダーをハンセン氏の方にマイクのように差しだして、こう訊ねる。

「少しお時間よろしいでしょうか？」

「今、ハンセン氏は私たちと話をしているので、お引き取り願います」

ルイーズが憤ったように追いはらおうとすると、記者はルイーズとハンセン氏のツーショットを無理やりに撮影しようとする。

「やめてください」

声を荒らげたルイーズは、カフェの店員を呼ぶ。すかさずホテルの入口で待機している屈強な警備員が近づいてきたとき、ハンセン氏は「構わない」と言った。

「訊きたいことがあるなら、なんでも質問しなさい。私は逃げも隠れもせんよ」

どういうことかと晴香は戸惑いながらも、ここに来るまでに目にした、いくつかのネット記事について思い出す。

デンマークは欧州でも有数の規模の物流会社を有するが、ハンセン氏はそのうちの代表的な企業を買収したばかりである。しかし何万人という運転手のストライキが現在行なわれており、国内では大混乱を招いているとか。そもそも企業の経営は右肩下がりで、ハンセン氏の手腕は疑問視され、方々から非難されていた。

納税から逃れるために、文化事業に過度な投資をしているのではないかという疑惑で、以前から批判を浴びており、記者はどちらかというと否定的立場にいるらしい。しばらく記者の言うことを黙って聞いていたハンセン氏は、ついに口をひらいた。

「私は今の経営方針を変えない。そして、天と地がひっくり返ろうとも《フレデリック・ショパン》を自分のものとする！」

一瞬、記者が息を呑むのがわかった。

傍らでは、同じくプレスの腕章をした者が、ビデオでも撮影している。

「しかし、ショパンの方はルーヴルの持ち物では？」

「この修復が終われば、私はショパンの方も買い取るつもりでいる。そのためには、どれだけの金も惜しまない！《ジョルジュ・サンド》と一緒になったあかつきには、必ずデンマークに持ち帰ってみせる」

「……そうすれば、あなたの会社は一層の不振にあえぎ、結果的には、多くの労働者を苦しめることになるのでは？」

すぐさま記者が反論したが、ハンセン氏は鼻で嗤った。

「もう一度言う。私がここに来たのは、ショパンとサンドを再会させ、両者をコペンハーゲンに持ち帰るためだ。自分が稼いだ金をどう使おうと、他人にとやかく言われる筋合いはない！」

その夜、アパルトマンに戻ると、スギモトはパソコンの前に張りついていた。

「盛り上がってきたぞ」

「どうかしました？」

晴香は、それまで読んでいたドラクロワ作品についての資料から顔を上げて、楽しそうにパソコンに向かうスギモトに訊ねた。スギモトは「これを見てみろ」と、パソコン画面をこちらに回転させる。

どうやら、ハンセン氏はネット上でそれなりの発言力を持った、SNSのハードユーザーでもあるらしかった。この日、不躾な囲み取材をした記者への文句を徹底的に連ねたあとで、記者がまもなく発表した記事を拡散させて墓穴を掘っている。

それに対して、ネット上では主にフランス語と英語で、さまざまな反論が巻き起こっていた。とくに美術業界の有識者からの否定的意見が目立ち、なかにはルーヴル美術館の重役からのコメントもあった。翻訳アプリで変換すると、

——フランスの至宝をなんだと思っているのだ。盗人(ぬすっと)め！

――盗人というなら、ナポレオンの方ではないか？

そんな辛らつな言葉の応酬が、目に飛びこんでくる。フランス対デンマーク、美術館対個人コレクターといった対立構造を超えて、さまざまな立場や国籍のユーザーたちが血気盛んに炎上を煽っていた。

「ハンセンは人間味があっていいね」

「いやいや、これはまずいです。今回のプロジェクトが白紙になります。ハンセン氏には発言を控えていただかないと……メディアへの露出も」

「まぁ、それを素直に聞き入れるような人物だったら、今頃、美術館に投資できるほど成功はしていないのかもな」

他人事のように茶化すスギモトに、晴香はため息を吐く。

「ん？　どうした」

本当は、この日アパルトマンに帰ったら、スギモトとは今朝気まずい空気になったことについて、改めて話したいと思っていたが、そもそも彼はなにも気にしていないのかもしれない。そう思い直して、晴香は「なんでもありません」と、手元にあった資料に視線を落とした。

＊

ルーヴル美術館の修復用のラボのなかでも、もっとも忙しいところと言われるのが絵画専門のラボ、通称〝タブロー・サロン（絵画の間）〟である。

ちょっとしたスポーツでもできそうな、広々とした近代的空間である。けれども、つぎつぎに新しい絵画が運びこまれ、点検と処置を待っているので、展示室のつづきのようにも見えた。

十名近い修復士がそれぞれの持ち場で仕事を進めているが、じつは数名を除き、スギモトや晴香と同じくフリーランスの修復士だという。静かに見学をしていると、ラボにやってきたキュレーターやアシスタントとの会話が聞こえてくる。

「先にこっちの絵画を進めてください」

「いや、これも急ぐように言われているから、順番は譲れません」

そんな雰囲気の会話が、フランス語で飛び交っている。ピリピリと緊迫した空気が漂っているのは、ことさらに神経を使う作業が多いことも理由のひとつだろう。忙しいうえに集中力を求められるのが、ここ絵画ラボなのである。

大小さまざまな作品に向かう修復士の脇には、手術室さながらに、薬剤の瓶や道具などを山のように乗せたワゴンがある。大きめの綿棒で、汚れを洗浄したり、剝落した部分を慎重に接着して補強したり、ワニスを刷毛でうすく塗り直したりと、その作業は多岐にわたる。

そんな忙しい絵画ラボのなかでも最優先とされているのが、広い空間に安置された《フレデリック・ショパン》だった。

額装から取り外されているうえに、照明の下で壁に飾られているわけでもないのに、高さわずか五十センチにも満たない肖像画は、自ら光を放つかのように存在感があった。茶色い闇を背景にして、ショパンの顔が白く浮かびあがっている。

荒々しい筆致で描かれたショパンの表情は、眉をひそめて苦悶しているようにも、夢想に耽っているようにもうつる。かすかに光を宿した瞳にしても、どこか遠くを見ているのか、こちらを見返しているのかわからない。

それは、ドラクロワが牽引したロマン主義の画家特有の、情緒的な画風だった。残された刷毛のムラやカンヴァスでうねる色彩は、ショパンを情熱あふれる芸術家だったドラクロワの分身のように演出する。

「改めて見ると、この絵のショパンは英雄のようですね。よく知られた他の肖像画では、繊細さや優美さが第一に表現されたものが多いですが、ドラクロワの筆は他とは一線を画しています」

「ああ、作者の反骨精神が垣間見える」

ドラクロワ以前の画壇では、「線の巨匠」とも言える新古典主義の画家ドミニク・アングルが、その中心を担っていた。そんな十八歳年上のアングルの様式を真っ向から否定し、「色彩の巨匠」として自身の様式を確立させたのが、ドラクロワである。

彼は二十四歳でサロンに初出品したのち、画壇の風雲児としてアカデミーに反旗をひるがえした。二十六歳で、歴史上の事件である、ギリシャの独立戦争に取材した《キオス島の虐殺》を発表すると、国家買い上げとなるものの、年上の画家や評論家からは「絵画の虐殺である」などと数々の罵声を浴びる。

それでも、六年後、ふたたび社会的事件をモチーフにして描いたのが、《民衆を導く自由の女神》だった。アカデミックな画家たちがアトリエにこもって神話や歴史上の出来事ばかりを表現したのに対して、ドラクロワは現在目の前で起きている出来事——七月革命によって勇敢に死にゆく市民たちを活写した。

それまでの芸術すべてを併せのんで、近代という新時代へと絵画というジャンルを押しだしたのが、若き天才ドラクロワだった。

まさに美術史の過渡期に活躍した画家なので、伝統的な神話や文学を題材にした大作も多い。その代表作が、ルーヴル宮殿のために描いた「アポロンの間」の天井画だ。ミケランジエロの《最後の審判》のごとく壮大な叙事詩として、ドラクロワは華麗なる宮殿の室内装飾に『転身物語』のアポロンの物語を描いた。

名声をほしいままにしたドラクロワは、ジョルジュ・サンドからの紹介で、ショパンと友人になった。

ショパンのことを、ドラクロワはこう語っている。

——私が出会ったなかでは、彼こそ真の芸術家と呼ぶにふさわしい。

その言葉の通り、この肖像画は、ドラクロワがいかにショパンを尊敬していたかを伝えているようでもあった。

「ようやく元カノの到着だ」

現れたのは、修復部門の責任者でもあるマルタンだった。

マルタンの背後につづく数名のハンドラーによって、一枚の絵画が運びこまれる。ショパンと同じく額装を外された《ジョルジュ・サンド》だ。コペンハーゲンからやってきた学芸員が、傍らで移動の様子を見守っている。

隣り合わせになった二台のイーゼルに、二枚の絵画が並べられた。

到着したばかりの《ジョルジュ・サンド》は、ショパンと同じく、茶色を背景にして白い素肌を露出させている。肩が大きく開いた黒い服を身につけ、黒髪を下ろし、やや俯いた横顔が描かれるが、未完とあって輪郭が判然としない。ショパンに比べれば、顔はあまり筆が入れられておらず、闇に溶けこんでいるようにも見えた。

サンドの絵のなかで、克明に描写されているのは、本人の顔ではなく、むしろその手の方だった。数々の物語をつむぎだしてきたその手は、ここでは刺繍をしている。白い布を握りしめながら針を操る両手は、ことさらに目を引いた。

サンドの方が、ショパンの画枠よりも三十センチほど高さがあり、横幅も広い。別物として展示されてきたものの、並べてみると、本来は同じ画面で寄り添っていただけあって、二人の身体の比率は同じだった。

やっと再会した二人を目撃しようと、他の修復士たちも作業の手を止めて、その場に集まってきていた。

「こうやって見ると、サンドの方が、ひどく劣化しているな」

マルタンが言う通り、両者には違いも多かった。切り離された両者はいずれも別のカンヴァスが裏打ちされているが、サンドの方は端の絵具がとれかかっているし、ショパンよりも色味は暗く、表面の汚れも目立った。

「さて、今後の手順についてだが、君の意見は？」と、マルタンがスギモトに訊ねる。

「まずは、調査だね。それがなによりも先決だと思う。ぱっと見ただけでも、これだけの状態の違いがあるわけだから、それぞれに調査が必要だ。いつ頃どのように、切断や今の裏打ちがなされたのか。X線撮影も外せない」

「それは理想的だが、うまくはいかないかもしれないぞ」

「というと？」

スギモトは顔を上げてマルタンを見た。

「今朝、別の職員から嫌な噂を聞いた。フランス政府が今回のプロジェクトについて、わざわざ館長に問い合わせをしてきたって。先日の、ハンセン氏の発言や炎上を受けてのことだろう。もはやルーヴル美術館内の問題じゃなくなってきている」

「それは……困ったな」

「せっかくここに運ばれてきたのに、手も足も出せないまま、そのままコペンハーゲンに送り返すなんてことにならんといいな」

たしかにここ数日、ルイーズとハンセン氏の考え方も、いまだ平行線を辿っており、落としどころが見つからないようだった。

「君たちも、厄介な仕事を任されたものだね」と、マルタンは渋い顔をする。「問題があれば、君たちが切られるだけ。ルイーズもよく考えたものだよ」

マルタンはスギモトの肩をぽんと叩いたが、スギモトは黙ったままじっと二点の絵画を見つめるだけだった。

作業に区切りがついたとき、スギモトからとある提案をされた。

「君に頼みたいことがあるんだ。コペンハーゲンからの来賓（らいひん）を、ショパン・ツアーに連れていってほしい」

「ショパン・ツアー？」

「パリ市内にある、ショパンゆかりの場所に案内するんだ」

ショパンは二十一歳から三十九歳で亡くなるまで、パリを拠点に過ごしていた。パリ市内にはショパンの息遣いが聞こえてくる景色が、いまだ残されている。しかし晴香はそこまでショパンに詳しいわけではない。

「ハンセン氏をお連れするなら、スギモトさんの方がふさわしいと思いますが」

眉をひそめる晴香に、スギモトはきっぱりと答える。

「俺よりも君の方が適任だ」

それからスギモトからスマホに送られてきたのは、地図アプリのリンクだった。ひらいてみると、パリ市内のショパンにまつわる名所がまとめられていた。晴香は地図を頼りに、何冊もの資料を読みこみながら、徹夜でショパンの半生を頭に叩きこんだ。

＊

パリは東から西に向かって大きく蛇行して流れるセーヌ川によって、ふたつの地域に分断されている。いわゆる「パリ二十区」のうち、十四の区がある北側が右岸、その他六つの区がある南側が左岸と呼ばれる。ショパンが主に生活圏としたのは、ルーヴル美術館もある右岸の、セーヌ川からほど近いエリアだった。

ルーヴル美術館から、五、六階建ての古めかしい建造物がつづくルーヴル通りを、北東に向かって突き進み、やがてモンマルトル通りを曲がって直進すると、二十分ほどでポワソニエール通りの交差点に辿りつく。

その交差点に、ハンセン氏は約束の時間よりも十分前に、タクシーで現れた。前回のやりとりを踏まえて、晴香は三十分も前から交差点近くのカフェで待機していた。それでもハンセン氏は、先に晴香が待っていたことには一言も触れなかった。

「ミスター・スギモトは有名な天才修復士と聞いて、せっかくだから今日の誘いも受けたものの、ここはなにもないじゃないか！」

ハンセン氏は開口一番に、機嫌悪そうに訴えた。

「来てくださって、ありがとうございます」

すぐさま晴香は笑顔で頭を下げたあと、「じつはここは、ショパンがはじめてパリに住んだ場所なのです。今日はスギモトに代わって、ハンセンさんをパリのショパン・ツアーにお連れします」と目を見つめながら言う。

ハンセン氏は意外にも、「えっ、こんなところに住んでいたのか？」と、少しは興味を抱いたらしい。

「そうなんです。ショパンのゆかりの場所は、一区画に集中し、徒歩で回れる範囲にあります。せっかく今日は天気もいいので、街を散歩しませんか？」

「徒歩だって？　ミスター・スギモトにも言ったが、無理だ、無理」

「しかしショパンもここパリで、徒歩で生活していました。それに、ハンセンさんはホテルにこもっていらっしゃるとお伺いしています。せっかくパリに来てくださったのに、どこにもご案内できないのは心苦しいです」

「余計なお世話だ」と言いながら、ハンセン氏は腕組みをして目を逸らした。「……とはいえ、たしかにここ数日、気が滅入っていたところではある。私を案内するからには楽しいツアーにしたまえ」

口先では偉そうなことを言いながらも、ふと足元を見ると、ハンセン氏は歩きやすそうなスニーカーを履いていた。

たくさんの自動車が行きかうポワソニエール通りは、緑の美しい並木道だ。カフェのテラス席にはたくさんの客がいた。そんな大通りに面した、ショパンが暮らしたという家の門は、大きな建物に挟まれて窮屈そうに建っていた。本当にここで正しいのかと思うような、さりげない存在感だった。

「あっ、プレートがあるぞ」

ハンセン氏がカメラを構えた先には、地上階の門の上部にひっそりと「フレデリック・ショパン」と記されたプレートがあった。

「ショパンは五階に住んでいたそうですよ」

「ほう。見晴らしもよかっただろうね」

「本当に。ただし、当時は一階の方が家賃も人気も高かったんです。五階となると屋根裏部屋という感じで、裕福なグループのなかで『五階に住んでいる』と言うと、絶句されたといいます。だからショパンも、その後はだいたい低層階に住んでいました。とくにショパンはコンサートよりもピアノのレッスンで生計を立てていて、主に女性だった生徒たちは当時足元まである長いスカートを穿いていましたから」

ハンセン氏は「ほう」と肯く。

二人きりで対話をしていると、それまで記事やＳＮＳで抱いたイメージとは裏腹に、少年のように純粋な好奇心を持った人物だと伝わってくる。

「つまり、ここは下積み時代のショパンの、夢が詰まった場所なわけだ」

晴香はショパンの言葉を暗唱する。

「ここではすべての騒音が、想像を絶する。人々の徳、恥、犯罪が渦巻いて、誰がどのように生きているのか、誰も気にしていない。それは僕にとっても、都合のいいことだ――。その頃ショパンは、日記にそう書いています」

パリに来たばかりのショパンの高揚感は、地方から都心に出ていく現代の若者と、さして変わらないものだったに違いない。

「つぎは、どこへ？」

挑戦的な笑みを浮かべながら、ハンセン氏は問う。

「ご案内します」

晴香はほほ笑み、西に向かって大通りを歩きはじめた。歴史的な美しい建物に彩られた都市は、どこを見ても飽きがこない。はるか昔、ショパンも同じように、毎日何時間もこの街を歩きまわったという。

「ショパンがパリに来たのは一八三一年ですが、それから亡くなるまで、何度となく引っ越しをくり返しました。ドラクロワなどに比べると、かなりの回数だったとされています」

せっかくなのでオペラ座まで足を延ばし、晴香は切りだした。

「引っ越し魔だったのか？」

「そもそも一人で住むのが好きではなかったことが理由だとか。ポーランド人の友人とルームシェアした時期もありますし、相手が出ていくことになると、自ずと引っ越すことになりました。といっても、当時は家電もないので、家具付きの物件であれば今よりもずっと身軽に引っ越しできたようです」

ガルニエ宮という別名でも知られるように、オペラ座は宮殿そのものの荘厳な佇まいだった。ファサードを装飾する彫刻は大迫力で、列柱が支える屋根の上では、黄金に輝く羽の生えた女神がこちらを見下ろしてくる。ショパンもまた、昔のオペラ座とはいえ、何度も通って刺激を受けたと言われている。

「しかし部屋探しでは、ピアノを弾けるというのも重要な条件だろう？」

「もちろんです。深夜まで作曲することもあったといいますからね。だからこそ、若い頃に住んでいた普通のアパルトマンでは、近隣に気を遣って、引っ越しをせざるをえなくなることもありました」

二人はオペラ座からほど近い、六つの道路が集結する、デパートの立ち並んだ交差点を曲がって、ショセ＝ダンタン通りを歩きはじめた。二車線の細い道路でありながら、ショッピングストリートになっているこの通りの界隈を、ショパンは何度も引っ越してまわったという。

「この建物では、友人と共同生活をしました」

今ではなんの変哲もない、プレートも残されていない建物の前で、晴香は立ち止まる。

「その頃、ショパンはピアノの先生として、一回二十フランの収入を得ていました」

「二十フランといえば、今の相場だとけっこうな値段だね」

日本円で言えば、二万円くらいになる。

「ショパンのレッスンは懇切丁寧で教わりがいがあり、たいへん人気が高くて評判だったそうですよ」

「たしかに私もショパンからピアノを直々に習えるとなれば、いくら積んでもいい！」と言って、ハンセン氏は愉快そうに笑った。

住居を年代順に追っていくと、はじめのうちは狭くて日当たりのよくない場所もあるものの、徐々にクオリティが上がって、地区も建物も高級になっていく。

「この辺りは、サンドとはじめて出会った一八三六年頃に暮らしていたと言われています」

ショパンは二十六歳、サンドは三十二歳。

貴族の血を引く作家であり、別荘を相続した資産家の令嬢でもあったサンドは、自由な恋愛をくり返したことから、社交界でも注目の的だった。またサンドは自分の意思で行動する確固たる信念を持った、当時としては珍しい女性でもあった。

そんなサンドの方は、気品あふれる若きピアニストの才能を一目で見抜き、心奪われたというが、ショパンの方はというと「あの人には僕を遠ざけるものがある」という言葉を残している。

そんな話をすると、ハンセン氏は楽しそうに笑った。

「それは有名な話だが、私には持論がある」

「持論、ですか？」

「サンドと出会った頃、ショパンは悲しみに暮れていた。ロシア政府から発行されたパスポートも失効し、自らの意思で亡命の道を選択したあとだった。二度と祖国の土を踏むことができないという、人生最大の決断を下したわけだ。さぞかし孤独にさいなまれていただろう。だからこそ、サンドの面倒見のよさや母性に惹かれたんだ」

「サンドのことを、肯定的に捉えていらっしゃるのですね？」

「もちろんだ。なんといっても、二人を再会させることは私の夢だからね」

実際、サンドとの交際をはじめた時期、ショパンは《英雄ポロネーズ》を筆頭に、人生でもっとも多くの名曲を書き残している。フランス中部の町ノアンにあるサンドの別荘とパリ市内の家を行き来しながら、心身ともに安定した時期を迎えた。


やがて晴香とハンセン氏は、スクワール・ドルレアンと呼ばれる、オペラ座の北に位置する地域に辿りついた。

スクワール・ドルレアンは、かつて「ヌーヴェル・アテネ」と呼ばれ、多くの芸術家が集まった文化的な地域でもあった。大通りの喧騒からは隔絶され、四方を建物が囲んでおり、中庭に噴水がある美しく静かな家だった。

ショパンはこの場所を気に入り、作曲に没頭し、ごくまれにコンサートをひらき、積極的にレッスンを行ない、友人との交流を楽しんだという。しかしやがて、サンドとのあいだに不協和音が鳴りはじめる。そんななか作曲されたのが、サンドの愛犬から着想を得た《子犬のワルツ》だった。

一八四四年、ショパンは三十四歳になり、最後のソナタや、晩年の代表作をつぎつぎに世に送りだす。体調も思わしくなく、精神状態も決してよくない状況のもとで、その芸術は完成期を迎えた。その頃書かれた傑作『舟歌』は、ショパンのピアノの集大成と言われ、技術的にも難しいが、磨きあげられた優美な旋律を響かせる。

一方で、一八四七年、ショパンとサンドは別離を迎える。サンドの息子がショパンに嫉妬したことや、サンドと不仲になりつつあった娘がショパンを慕ったことが、数々の手紙のなかで記されおり、一般的には家族関係が原因だとされている。

サンドと破局した二年後、三十九歳にしてショパンは病気で亡くなった。

ドルレアンを見学したあと、二人は最後に、ロマン派美術館に向かった。少し離れているのでタクシーを利用する。一緒にあちこちを歩きまわったせいか、ハンセン氏のもともとの性格なのか、タクシーに乗りこんだときには、ハンセン氏の言動はずいぶんとやわらかくなっていた。

「今日はずいぶんと歩いたな。いい運動になった」

「こちらこそ。楽しかったです」

ロマン派美術館は、もともとは画家の邸宅兼アトリエであり、ドラクロワ、サンド、そしてショパンをはじめとする、パリの知識人や芸術家が集ったサロンでもあったという。邸宅らしい内装はそのままに、彼らの人生や暮らしぶりを記録した資料や小図に加えて、肖像画や数々の作品も展示されていた。

わけても、展示ケースに飾られていた、石膏でかたどられたショパンの手——いわゆるデスハンドと、そのとなりに置かれた同じくサンドの手が印象に残った。ショパンの手はいくぶん骨や筋が浮きでた細い造りをしており、サンドのふくよかな手に包まれると安心したのだろうか、と晴香は勝手なことを想像した。

ロマン派美術館の裏庭には、ガラス張りになったサンルームがあり、そのなかでカフェが営業していた。見学を終えると、晴香はコーヒーをふたつ注文して、緑色のベンチに腰を下ろしていたハンセン氏のところに持っていった。

しばらく黙ってコーヒーを飲んでいたハンセン氏が、こう切りだした。

「ショパンがサンドと別れた理由は、世間ではいろいろと言われているけれど、実のところは、愛する人から介護されることに、ショパンが引け目を感じたせいなんじゃないか、と私は考えていてね……まぁ、私もじつは、知人を亡くしたばかりだから、そんな気がするのかもしれないが」

思いがけない話の展開に、晴香はコーヒーを飲む手を止めた。

「親しい方だったんですか？」

晴香が遠慮がちに訊ねると、ハンセン氏は「ああ」と肯き、ずっと内に秘めていたことを吐きだすかのように語りはじめた。

「長年、闘病をしていてね。われわれは結婚していなかったから、彼女の選択に対して、私はなんの影響も及ぼすことができなかった。仕事で海外にいたから、死に際にも立ち会えていない。そのことがいつまでも心残りでならない」

「そうでしたか」

「そのせいか、ショパンとサンドも、じつは愛しあいながら、別れざるをえなかったんじゃないか……そしてあの絵画が、じつは別れを象徴したものだとしたらって、想像せずにはいられない」

「別れを？」

「ああ。少なくとも私には、そんな風に見えてならないのだ」

従来の研究では、ドラクロワによるショパンとサンドの二重肖像は、二人が付き合いはじめた頃に描かれたものだとされている。それは、同時期に描かれた二人のドローイングが残されているからだ。ただし油画は、その後何年ものあいだドラクロワの死後まで未完成のままだったという。

「今の説を思いついたのは、亡くなった彼女だった。彼女は、私が知るなかでも、もっともドラクロワの《ジョルジュ・サンド》に思い入れのある人だった。ビジネスで得た資金をもとに、美術への投資を勧めたのも彼女なんだ」

晴香は相槌を打ちながらも、思い切って訊ねる。

「今回ルーヴルに、二点の復元を許したのも、その方が亡くなったことがきっかけだったのですか？」

「ああ。せめてもの弔いとして、サンドとショパンを再会させてやる方法を、どうにか見つけられないものかと思ってね」

そこまで話すと、ハンセン氏はふっと笑みを漏らした。

「馬鹿げているだろう？」

「いえ、まさか」

晴香は即座に否定したが、ハンセン氏は手元に視線を落とした。その顔は今までになく疲れているように見えた。これだけの敏腕実業家も、一人の年老いた男性なのだと思い知らされる。

「単なる物なのに、そこまでなぜこだわるのか？　君も修復士として、普段から物を扱っている。君たちが直しているのは、単なる物であって、人の身体でも命でもない。医師とは違うからね。だったらなんの存在意義があるのか？　社会のためにどう役に立つのか？　そう問うことはないかね」

一瞬、晴香は言葉を失う。ハンセン氏は正しかった。その指摘は、常日頃から突きつけられる修復士たちのテーマだったからだ。

「私はむしろ、物だからこそ、こだわってしまうように思うよ。人と違って、物はなにも言わないし、勝手に離れていかない。こちらの意思で、なんとかできてしまうから、だからこそ、つい欲が出てしまうんだ」

言われたことの意味を、しばらく晴香は黙って考えていた。

気がつくと日は傾き、夕暮れに近づいている。

そのとき、晴香のスマホが着信した。スギモトからだった。「はい」と応答すると、ハンセン氏とのショパン・ツアーについて聞くよりも先に、こう言った。

「今回のプロジェクトは、打ち切りになるかもしれない。サンドはコペンハーゲンに送り返されることになった」

「なぜです」

怪訝そうな顔をしているハンセン氏と目が合う。

「さあ、知らんよ。ルーヴル美術館側の決定だ」

晴香はハンセン氏と別れて、すぐさまルーヴル美術館に向かった。

タクシーに乗って十分ほどで到着すると、《ジョルジュ・サンド》がまだあるはずの絵画ラボへと向かう。絵画ラボでは、スギモトが《フレデリック・ショパン》の肖像のケアをしている最中だった。幸い、まだ《ジョルジュ・サンド》もとなりに安置されている。

「どういうことですか？」

息を切らしながら訊ねると、スギモトは手を止めて言う。

「俺もついさっき、ルイーズから連絡を受けたばかりで、状況を把握していないが、とにかく今回のプロジェクトは頓挫して、サンドはコペンハーゲンへの輸送に向けて、このあとルーヴル美術館から運びだされるらしい」

「このあと？　なにも調べられていないのに」

スギモトも同感らしく、渋い顔で肯く。

「直接ルイーズに訊くしかないな」

うろたえていると、まもなくルイーズがハンドラー二人を連れて現れた。

「悪いけど、もうあなた方には、このサンドに触れる権限はないわ」

「権限がないって、なぜこんな決定が？」

スギモトが訊ねると、ルイーズはため息を吐いた。

「ルーヴル美術館の取締役やスポンサーから、反対意見があったの。今回のプロジェクトは勇み足すぎるんじゃないかって。いろんな噂に尾ひれがついて、あることないこと記事になっているから。さすがに悪目立ちしすぎたわね」

「そんな！」

思わず、晴香は叫んだ。「待ってください、ハンセン氏は二点の絵画がふたたびひとつになることを、心から願っていらっしゃいます。たしかにサンドの方はルーヴル美術館の所蔵品ではありませんが、できる限り協力すべきなのでは？」

「協力？　なんの義理があって、そんなことをしなきゃいけないの」

ルイーズは冷たい目で、晴香を眺めた。

その目にたじろぎながらも、熱意を持って言い返す。

「ドラクロワのため……描かれた二人のため……いえ、肖像画を愛している世界中のファンのためにです」

「でもうちは慈善団体じゃないの。フランス政府の一機関である以上、さまざまな政治のうえに成り立っている」

そのことは、大英博物館で働いていたときも身をもって学んでいた。パルテノン・マーブルの名品が、ロシアとの外交のために秘密裡（ひみつり）に貸しだされていたことなど、そもそも美術品収集自体が政治と深く結びついていることは、これまでの経験で知った。それでも、美術館はあくまで個人のために存在すると信じる現場の意志や勇気が、権力に打ち勝つこともあるはずだ。

「本当にそれでいいのか？」

スギモトが訊ねると、ルイーズは目を逸らして呟く。

「残念だけど、もう決定されたことなの」

そのとき、こちらに歩み寄ってきたのはマルタンだった。絵画ラボで別のスタッフと話しながら、ずっとやりとりを聞いていたらしい。

「館長、お言葉ですが」

「あなたまで、なに？」

「私も今すぐ作品を返却することには反対です。決定的な発見があれば、おそらく上層部の意見も変わってくるでしょう。なにより、ケントとハルカがそこまで言うなら、この絵にはなにかあるような気がします」と、マルタンは断言する。

「気がするって、あなたらしくない言い方ね」

「そうですね。あなたの言う通り、私はずっと保守的な国粋主義者でした。でも今では、フランスで生まれ育ったわけではない余所者の二人を、おおいに買っています。それは従来の私らしくはないのかもしれません。私の気が変わったのも、二人の力です」

マルタンがそこまで言うのを、晴香は信じられない気分で聞いていた。いつもの厳しい態度で、マルタンはつづける。

「館長。あなたもつらい立場に立たされているのはわかります。決定を無理に覆すのは、無理な注文かもしれません。しかし今、頼れるのはあなたしかいない。どうか許可をもらえませんか？」

マルタンが頭を下げると、スギモトが感極まった様子で言う。

「マルタン……そこまで俺たちのことを考えてくれていたとは」

「おまえも頭を下げろ！」

「ウィ」

スギモトもとなりに立って、同じように懇願する。

「せめて今日、予定していた科学調査をさせてくれないかな？　X線分析だけでもしなければ、すべてのコストが無駄になってしまう。それは美術館にとっても、君にとっても望みじゃないはずだ」

ルイーズは唇を噛んで、しばらく躊躇するように眉間にしわを寄せていたが、やがて諦めたのかハンドラー二人になにやら指示をした。ハンドラーは顔を見合わせて、その場から立ち去っていく。どうやら作業はいったん中止になったらしい。

「あと一日だけよ」

そう言い残して、ルイーズは去っていった。


修復部門の管轄内である「保存科学室」は、絵画ラボのとなりに位置する。数名の職員の立ち会いのもとで、《フレデリック・ショパン》と《ジョルジュ・サンド》を科学保存室に移すことになった。精密機器による検査の準備にとりかかるためだ。

基本的には大小の機械しかない、実験室を連想させるような、無機質で蛍光灯の光に満たされた部屋だった。絵画ラボと同じくらいの広さだそうだが、物が少ないせいか、こちらの方が面積も大きく感じられる。壁のあちこちには、黄色や赤色で強調された警告サインが掲示されていて、その部屋の特殊性を物語る。

今回、二作の分析を担当する男性技師は、保存科学室の責任者を務めるフランス人であり、スギモトとも旧知の仲だという。

「ケントと出会ったのは、大英博物館の修復プロジェクトなんですよ。僕の方が年上だけれど、彼から学ぶところはたくさんあって、以来、あまり頭が上がりません。今回の調査もしっかりと務めさせてもらいます」

技師は頭を下げると、絵画を引きとった。日は暮れていたが、明日の早朝から行なうさまざまなテストのために、技師は残業をして準備を進めるという。

保存科学室では人の肉眼では捉えきれない、制作当時のことを伝える痕跡や手がかりを追っていく。たとえば、特殊な撮影方法によって、下地に隠れた筆致を浮かびあがらせ、ドラクロワがどんな思考や工程で制作をしたのかを推測する。また、両者の絵具やカンヴァスの素材を比較することで、それらが本当に同一の作品だったのかや、制作年代の特定もできるだろう。

技師は、絵画を引き渡さなければならない制限時間の直前まで、さまざまな角度から検査を行なった。途中からは、スギモトも技師とともに取り組んでいた。思いがけない発見があったのは、あと一時間を切ったときだった。

「これを見てくれ」

スギモトが指したのは、特殊な電波を用いて撮影された《ジョルジュ・サンド》だった。パソコンの画面にうつしだされているのは、モノクロになった写真である。スギモトはそのうち、線が白く浮かびあがった部分を指した。新しく観測された星のように、かすかな光を帯びている。

「文字でしょうか？」

流麗な筆記体にも見えるその白い影に、晴香は目を凝らした。

「おそらく。インクに反応しているようだ」

「なんと書かれているんでしょう？　フランス語かな」

フランス人技師に訊くよりも早く、スギモトが持参した資料のファイルをひっくり返しはじめた。晴香の頭にもある仮説が浮かぶ。もしスギモトの予想が的中していれば、とんでもない発見をしたことになる。とはいえ、残された時間はごくわずかだった。晴香は大慌てで、スギモトの作業を手伝った。

＊

絵画ラボにやってきたハンセン氏は、物珍しげにきょろきょろと見回しては、「これはどういった作業なんだね？」と、修復士たちに質問をくり返していた。

ハンセン氏はすでにルーヴル側から、プロジェクト中止の連絡を受けたらしい。そのため、コペンハーゲンへのフライトを変更して、パリでの滞在を延長してほしいと頼んだときは、なにを今更と突っぱねられた。それでも、「どうしても話したいことがある」と晴香から説得を試みたのだった。

さぞかし機嫌を損ねているだろうと心配しながら出迎えたが、ルーヴル美術館の裏側が見られるとあって、ハンセン氏はどこか楽しそうだった。結局、この人は単にアートが好きでたまらないのだと伝わってくる。

「何度も言うが、サンドは返してもらうよ」

ひと通り見学を終えたあと、ハンセン氏は言う。

「まずはご案内します」

カーテンで仕切られた空間に、スギモトはハンセン氏を案内した。なかにあったのは、依然として切り離されたままの二点だった。なんの変化もないように見える二点を見て、ハンセン氏の予想は大きく裏切られたようだ。

「どういうことだ？　待ってやったのに」

「修復はすぐにできるものではありません。最低でも数ヵ月、下手すれば数年かかる作品もありますからね。今日ここに来ていただいたのは、中止になった二点のプロジェクトについて改めて――」

スギモトの説明に焦れたように、ハンセン氏は遮る。

「そのことは耳に入っている。一方的な通告に気分を害したが、私も仕方なく諦めて、コペンハーゲンに帰るつもりだった。それなのに、わざわざまた私を呼びだすなんて、まったく状況が飲みこめない」

スギモトは余裕たっぷりにほほ笑んだ。

「今回、とある新事実が発覚したので、まずは持ち主であるあなたにご報告し、ご意見をあおぎたいのです」

「新事実？」

「はい。この絵の下地に隠されていたメッセージです」

スギモトがハンセン氏に見せたのは、特殊な電波を当てて透過撮影したモノクロの画像だった。何度も機材の調整をしたので、最初に判明したときよりも、文字がくっきりと浮きでている。

「〝雨音は永遠に〟――。そこには、フランス語でそう書かれていました」

「どういう意味だ？」

「それはのちほど説明します。その前に、わかったことが三点」

スギモトは言って、指を折ってつづける。

「まず、この文字に、私はどうも見覚えがありましてね。しかも最近です。どこかの資料で目にした記憶がありました。特徴的な筆記体だ。それで気がついたのです。これはジョルジュ・サンド本人が書いたのでは、と」

ハンセン氏は目を丸くして画像を注視したあと、筆跡を指した。

「つまり、サンドがこの絵の下地に、謎のメッセージを残していたのか？」

「謎のメッセージというより、詩を書いたんです」

「雨といえば……」

ハンセン氏はそこまで言って、はっと顔を上げた。

「その通り」と、スギモトはほほ笑んだ。「ショパンが作曲した前奏曲(プレリュード)第十五番は別名、〝雨だれ〟と呼ばれています。この二重肖像のなかで、ピアノに向かっているショパンが演奏しているのは、その『雨だれ』だったのかもしれません。ショパンが演奏する前奏曲第十五番に耳を傾けるサンドの姿を、この絵は描いていたとも解釈できます」

ショパンが前奏曲第十五番を作曲したのは、一八三七年、ドラクロワが二人の二重肖像を描く前である。そのあと一八三八年末から三九年にかけて、二人はマヨルカ島に滞在し、その頃に〝雨だれ〟という題名が生まれたという説がある。二点の肖像画を見つめていると、たしかに前奏曲第十五番の旋律が聞こえてくるようだった。晴香は束の間、名曲が生まれるまでの経緯に思いを馳せた。


一八三九年、ショパンの健康状態は、その頃から徐々にすぐれなくなっていたという。地中海に浮かぶスペインの島、マヨルカ島へのサンドとの旅は、保養を兼ねていた。マヨルカ島は、ヤシやサボテン、オリーブや柑橘系の木々が生い茂り、太陽の光を海が反射する、まぶしいほどに明るい島だ。

ところが、ショパンとサンドが船で到着した前年十一月、島は寒く冷たい雨季に入ったところだった。また、宿も見つからずに二人は苦労した。ようやくサンドの交渉によって、カルトゥハ会修道院に部屋を借りることができたが、そこは雨音が大きく反響する、廃墟となった僧院だったという。

一月になって、ようやく新しいピアニーノ――いわゆるアップライト・ピアノ――が運びこまれたものの、ショパンは持病の結核に苦しめられていた。悪天候だけでなく、頼るべき医師もなく、食料と薬にも事欠いたことから、ショパンの精神もむしばまれていく。

ある日、サンドは買い物のために島一番の町パルマへと出かけた。その日のショパンは体調がよかったので、修道院に一人残った。しかしとつぜんの豪雨によって川が氾濫し、サンドの帰宅は真夜中になってしまう。

サンドが帰りつくと、真っ青な顔で髪を乱したショパンが、ピアノの前に座っていた。サンドは、その人物がショパンだとはわからないくらいだった、とのちに書き残している。にもかかわらず、ショパンはとつぜん、聞いたことのない美しい旋律を弾きはじめたという。

それは孤独に満ちた、哀愁を漂わせながらも、このうえなく甘美な曲だった。耳に心地よく響きながら、胸を引き裂くような悲痛さがある。この世にいない修道士たちの幻影をも連想させた。陰鬱な雨の夜に、これほどふさわしい旋律はなかった。

そのとき、ショパンが謙虚にも「前奏曲」と呼んでいた、短くはあるが類稀な名曲を、サンドは『雨だれ』と表現した。

たしかに、二人の二重肖像の下絵として描かれたドローイングのなかで、ショパンが向かっているのもアップライト・ピアノだった。これは偶然とは思えない。衝撃を受けた様子のハンセン氏は、しばらく黙りこんでいた。

スギモトは「ちなみに」と言って切りだすと、淡々とこうつづける。

「私たちはショパンの方の絵にも、同様の透過撮影をしてみました。すると、別の文字が浮かびあがったのです。〝私たちの愛とともに〟――同じくフランス語で、ジョルジュ・サンドの筆跡とほぼ一致します」

「つづきがあったのか？」

「そうなんです。つなげて読めば、〝雨音は永遠に　私たちの愛とともに〟。ここで非常に奇妙なのは、二節がそれぞれ、切りとられた部分にぴたりとおさまるように書かれていたということです」

「どういうことだ」と、ハンセン氏は眉をひそめる。

「一般的に、この絵が切られた経緯は、ドラクロワの死後、この作品を発見した第三者である画商が、別々に切り離した方が高値で売れると考えたからとされていました。しかしもしそうならば、なぜこれらの文字がちょうどおさまっているのか？　単なる偶然にしては、できすぎています」

「じゃあ、画商はこの文字の存在を知っていたのか？」

「それは考えにくいでしょうね。この絵具は、ドラクロワが他作品で使用したものと成分が一致します。きっと彼の死後に発見されたとき、すでに文字は塗りつぶされていた。画商の手に渡る前に、文字は消されていたのでしょう」

考え込むハンセン氏に、スギモトは片目を閉じた。

「つまり、この詩をカンヴァスに書いたサンドは、この絵が切り離されることを知っていたということになります」

「知っていた？」

「はい。もっと言えば、この絵を切ったのは、本人たちの意思だったわけです。サンドかドラクロワか、あるいはショパンが実行したのかはわかりませんが」

ショパン・ツアーをしたときに聞いた、この絵は別れを象徴しているというハンセン氏の仮説は、その通りだったのだ。

スギモトはつづける。

「十九世紀、絵画は現像された写真と同じような意味を持ちました。恋人と別れたあと、相手とうつった写真を捨てたり、破ったりするのと同じで、ショパンとサンドもこの絵を切り離したのだとしたら――」

ドラクロワは、巨大な画面に描いた他の歴史画とは対照的に、肖像画は小さなカンヴァスに友人へのプレゼントとして、個人的な動機から描いたと言われている。だからこそ、同じ芸術家として尊敬する友人から、これを切り離してほしいと頼まれたときも断らなかったのかもしれない。

「それでも、せめてものつながりを秘めるために、こうして詩を書いたわけです」

〝雨音は永遠に　私たちの愛とともに〟

ひとつの詩を成すそれらの言葉は、他人の誰からも見えない絵具の下に、こっそりと隠された。それは、周囲からいくら誤解されたとしても、自分たちの本心さえつながっていればいいという、二人の覚悟を象徴するかのようだった。心の奥底に想いを秘めるという愛し方もあるのだ、と。

「この文字は下絵の段階ではなく、一度完成した表面に記され、さらに絵具で塗りつぶされています。よって、書かれたのは一八三八年以降、マヨルカ島で〝雨だれ〟のエピソードがあった後と推定されます。もしかすると、二人が別れを決心した頃かもしれない。描かれたのは出会った頃の二人でもね。どうでしょう。ルーヴル美術館は引き続き、この二点を調査していきたいと考えを改めています。同意しますか？」

スギモトはハンセン氏に語りかける。ハンセン氏の目からは、いつのまにか涙がこぼれていた。長年気になっていた謎が解けたことへの感激の涙なのか、それとも、別のなにかを思い出して泣いているのか、晴香にはわからなかった。

「そうだな。本人たちの手で切られたのならば、元に戻すという考え方が、そもそも間違っているのかもしれない」

そう答えたハンセン氏の表情は清々しかった。

＊

ルーヴル美術館の特別展示室でひらかれたドラクロワの大回顧展は、ファンからの大きな注目を集めた。内覧会につめかけた人のなかには、メディアで目にするセレブの姿もちらほらとあった。

招待客がもっとも期待を寄せたのは、長年離れ離れになっていた二点の肖像画がとなり同士に展示された、余白のたっぷりととられた壁だった。

スギモトは今回見つかった筆跡について、論文にまとめて発表するという。この大回顧展の開期中も、スギモトによる講演会がひらかれる予定である。大回顧展のカタログには、こんな宣伝文句が使用されている。

――世紀の芸術家カップルの新事実、ついに公開！

展示室のもっとも目立つところに、寄り添うようにして掛けられた二点を、大勢の人がつぎつぎに見にやってくる。

晴香はスタッフ用のカメラを構えて、その様子を撮影する。ここに来られなかったハンセン氏に、無事に内覧会がはじまったことを個人的に報告するためだ。結果的に、ハンセン氏は《ジョルジュ・サンド》の貸出を延長してくれただけでなく、金銭的にもこの大回顧展に協力してくれたという。

「おめでとう」

聞き慣れた声がして、ふり返ると、マクシミランが立っていた。珍しく白シャツに黒いジャケットというパーティにふさわしいフォーマルな恰好だ。

「いらしてたんですね」

事件でもないのにルーヴルに来ているということは、ルイーズとの関係にも変化があったのかもしれない。

気になったが、先に口をひらいたのはマクシミランだった。

「今回、君たちの奮闘によって、面白い発見があったんだってね」

晴香は肯き、二点の絵画の前で、わかったことを簡単に説明した。マクシミランは興味深そうに耳を傾けていた。

説明が終わってから、晴香はしみじみと言う。

「スギモトさんは本当にすごいです」

今から思えば、たった一日だけ残された猶予のあいだに、X線撮影をしていなければ、すべてが中断されていた。スギモトがX線撮影を最優先すべきだと言って、的確な判断を下したからこそ、今に至る。本人も結果を予測していたわけではないだろうが、天才修復士の勘が働いたに違いない。

「でも……」

パリに来て以来ずっと抱いていた、心のもやもやは大きくなっている。ルーヴル美術館の修復に携わるあいだ、数々の恋人たちに出会い、多くを教わったからだ。理想の関係が長くつづくことなんて、ごく稀なことなのだと。

――恋愛なんかじゃ終わらせたくない。

スギモトは以前、晴香との関係について、そう話していると間接的に聞いた。気障で、きれい事めいた、傷つくことをなによりも嫌う彼らしい一言だ。でもその一言を、今は晴香が痛いほど噛みしめている。これまでスギモトに対して高まっていた感情は、もう過去のものであり、すでに冷めつつあった。

それらの感情を内に秘めて、晴香は話題を変える。

「ところで、マクシミランさんはどうしてここに？」

「ああ、同伴を頼まれてね。そろそろ来る頃だと思うんだけれど……」

きょろきょろと見回すと、全身黒で統一された華やかな装いのルイーズと、同じくパーティ仕様の服装をしたスギモトが現れた。

晴香はそれまで、スギモトを探していた。どこにも姿が見当たらなかったが、ルイーズと話していたようだ。二人は晴香のあずかり知らないところで、なにやら打ち合わせでもしていたようだった。しかも、簡単には第三者を寄せ付けない空気があって、晴香は不思議に思っていた。

「お待たせ」

ルイーズがほほ笑みかけたのは、マクシミランだった。

「いや、こちらも到着したところだよ」

同伴というのは、ルイーズのことだったらしい。夫婦だと聞いている通り、この感じでは関係も修復されつつあるようだ。驚いているのはスギモトも同じで、思わず、晴香と顔を見合わせる。するとルイーズは空気を察したのか、念を押すように言う。

「体裁を保つためよ。この国では、パーティで同伴者がいないと恥をかく。別の相手に頼むつもりだったんだけど、たまたま――」

「なにも言ってないよ」

スギモトが訳知り顔でウィンクをしたので、ルイーズは黙って口をへの字に曲げた。

ルイーズに対する印象は、最初の頃よりも変わっていた。ドラクロワの二点に新たな発見があったとき、ルイーズは判断を改めるべきだと即決してくれた。館長という難しい立場でありながら、二点を引き離すという従来の方針を覆し、取締役会に強気な姿勢をつらぬいてくれたのも彼女である。

「そうだ、ハルカ」

立ち去ろうとする前に、ルイーズが声をかけてきた。

「よろしくね、今後も」

「はい、こちらこそ……？」

何気ない一言だったが、どこか思わせぶりに、ルイーズはこちらを数秒見つめた。どういうことだろうか。そもそもルーヴル美術館での仕事は、約束の期限が近く切れようとしているはずだ。

「詳しくは、ケントから聞いてちょうだい」

ルイーズはそれだけ言い残して、マクシミランとともに去っていった。

今のは、なんだったのだろう。

――私はいったんロンドンに帰ろうと思います。

晴香は実のところ、その一言を切りだすチャンスを、ずっと見計らっていた。しかし口を開こうとするよりも先に、スギモトは踵を返した。

「ついて来てくれ」

二人は特別展示室を出て、地上階へと上がり、天井がガラス張りになったマルリーの中庭に出た。

それまで古めかしい空間がつづいていたので、大階段になった巨大スペースは、とても開放的に感じられた。実際よりも数倍大きな大理石の人体像が並んだその中庭は、一息つくのに最適なスペースであるが、スギモトはそこもさっさと横切って、迷宮のような展示室を歩きつづける。

「どこに向かっているんです？」

「行ってのお楽しみだ」

二人はマルリーの中庭に設置された、愛を謳歌するような裸婦像を通り過ぎたあと、今度は上階へとつづく階段をのぼった。立ち止まることなく、回廊のようになったフランス絵画の展示室を進んでいく。

いつのまにか二人は、イタリア・ルネサンスの傑作が並ぶ、ルーヴル美術館でもっとも人気の高い展示室に辿りついていた。スギモトが連れてきたかったのは、ここだったのか。今はもう、内覧会への招待客を除いて、一般の来館者は入れない時間帯だ。こんな風に、あの名画を独占できるなんて――。

「晴香」

ふり向くと、スギモトが真顔でこちらを見つめていた。

「今までずっと黙っていたことを、まず許してほしい。でもやっと、君に打ち明けることができる」

「……なにをですか？」

「ルイーズが俺に、折り入って頼みたいことがあると言ってきた。これまでルーヴルの修復チームに関わってきたのは、俺たちの実力を試すためでもあった。いわば試用期間だよ。幸い、ルイーズは一連の仕事ぶりを気に入ったらしく、さっき改めて話があった」

信じられない気持ちで、晴香は訊き返す。

「つまり……目的は別にあったんですか？」

「そうだ。俺たちがパリに来たのは、とある極秘調査をするため」

そう呟いたスギモトの視線の先では、〝万物の天才〟が人類に残した謎多き至宝――《モナリザ》がほほ笑んでいた。

「レオナルド・ダ・ヴィンチにかかわる調査だよ」

（次巻につづく）

この作品は書き下ろしです。

ルーヴル美術館(びじゅつかん)の天才修復士(てんさいしゅうふくし)

コンサバターⅣ

一色(いっしき)さゆり

令和6年2月10日　初版発行

発行人――石原正康
編集人――高部真人
発行所――株式会社幻冬舎
〒151-0051東京都渋谷区千駄ヶ谷4-9-7
電話　03(5411)6222(営業)
　　　03(5411)6211(編集)
公式HP　https://www.gentosha.co.jp/
印刷・製本―中央精版印刷株式会社
装丁者――高橋雅之

幻冬舎文庫

ISBN978-4-344-43356-4　C0193　い-64-5

この本に関するご意見・ご感想は、下記アンケートフォームからお寄せください。
https://www.gentosha.co.jp/e/